KB032936

은의 왕자와 호박색 공주

은의 왕자와 호박색 공주

초판 1쇄 찍은 날 | 2014년 11월 1일
초판 1쇄 펴낸 날 | 2014년 11월 10일

지은이 | 히메노 유리
그린이 | 아마노 치기리
옮긴이 | 정우주
펴낸이 | 예경원

편집책임 | 박우진
편집 | 오아현

펴낸곳 | 예원북스
등록번호 | 제396-2012-000132호
등록일자 | 2012. 7. 25
YRN | 제5-0005호

주소 | 경기도 고양시 일산동구 무궁화로 8-28 삼성메르헨하우스 712호 (우) 410-837
전화 | 031-819-9431 팩스 | 031-817-9432
http://blog.naver.com/ainandfin
E-mail | ainandfin@naver.com

ⓒ Himeno Yuri / Cosmic Publishing All rights reserved.
Korean translation rights arranged by Cosmic Publishing Co., Ltd.
through NTT Solmare Corp.

ISBN 979-11-5630-693-1 03830

※ 파본은 구입하신 서점에서 교환하여 드립니다.
※ 저자와 협의하여 인지를 붙이지 않습니다.
※ 이 책은 예원북스와 Cosmic Publishing / NTT Solmare 와의 계약에 의해 출판된 것이므로 무단 전재 및 유포, 공유를 금합니다.
※ 이 도서의 국립중앙도서관 출판시도서목록(CIP)은 서지정보유통지원시스템 홈페이지(http://seoji.nl.go.kr)와 국가자료공동목록시스템(http://www.nl.go.kr/kolisnet)에서 이용하실 수 있습니다.

호박색 공주와 은의 왕자

히메노 유리 글
아마노 치기리 그림
정우주 옮김

Märchen
메르헨 노블
Novel

※ 이 이야기는 픽션으로, 이야기에 등장하는 인물·단체·사건은 현실과는 무관합니다

레오니다스

플로리안

등장인물 소개

은의 왕자와
호박색 공주

프롤로그

"약속할게."

그는 그렇게 말했다.

"어른이 되면 반드시 너를 데리러 올 거야."

남색 눈동자는 진지한 정열로 가득 차 있었다. 이 눈동자를 의심하다니, 그럴 수 있을 리 없었다.

에르윈의 대답은 정해져 있었다. 그 밖에 입에 담을 말 따위는 하나도 없었다.

"기다릴게. 네가 데리러 오기를, 나, 계속 기다릴게."

그의 남색 눈동자에 미소가 떠올랐다. 그 순간, 얼어붙을 듯 차가운 물이 가득 찬 깊은 못의 색과도 닮은 짙은 청색이 부드러운 온기를 띠었다.

그것은 그가 진심으로 기뻐한다는 증거. 거짓 없이 웃을 때만 그가 지닌 두 개의 라피스 라줄리는 이런 식으로 따스한 빛이 된다.

에르윈은 자신의 말이 그를 기쁘게 했다는 사실에 만족했다. 그가 기뻐한다면 나도 흐뭇하다.

고작 그만한 일로 나는 이렇게나 행복해진다.

포근하게 가슴을 데워주는 마음을 품으며, 에르윈은 호박색으로 반짝이는 눈동자로 그를 지그시 바라보며 말했다.

"그렇지만 너무 기다리게 하지는 마."

그의 눈동자에 그림자가 드리웠다.

"어째서? 너를 잔뜩 기다리게 하면, 네 마음은 변해 버리는 거야?"

깜짝 놀라서 에르윈은 고개를 작게 좌우로 흔들었다.

"아니야! 내 마음은 영원히 변하지 않아. 변하지 않지만, 빨리 데리러 오지 않으면, 나, 할머니가 되어버릴 거야!"

"걱정하지 않아도, 너는 할머니가 돼서도 예쁠 거야. 절대로."

그렇게 말하고서 그가 작게 소리를 내며 웃었다.

에르윈은 일곱 살이었다. 에르윈이 할머니가 되는 것은 아직 몇 십 년도 뒤의 일인데, 갑자기 그런 엉뚱한 말을 꺼내 우스웠으리라.

그렇지만 에르윈은 진지했다.

에르윈의 첫째 언니는 지난 달 막 결혼했다.

언니의 신부 의상은 매우 아름다웠다. 특히, 그 비쳐 보일 만큼 얇은 천으로 만들어진 새하얀 베일이 멋졌다. 그러나 할머니가 되어버리면 그 베일은 분명 더 이상 어울리지 않으리라.

"알았어. 네가 할머니가 되기 전에 서둘러 데리러 올게. 그러니까 믿어줘. 나를 믿어줘."

에르윈의 진지함이 전해진 것일지도 모른다. 그렇게 말했을 때 그의 표정에서는 이미 웃음기가 사라져 있었다.

에르윈은 고지식한 표정을 지으며 끄덕였다.

"응, 믿을게."

그는 다시 웃는 표정을 지으며 에르윈의 오른손을 잡고 양손으로 감쌌다.

"잊지 마. 이건 '맹세'야."

"두 사람만의 맹세구나."

그리고 비밀의 맹세.

처음 생긴 비밀에 에르윈의 작은 가슴은 희미하게 떨렸다.

그가 에르윈의 발치에 무릎을 꿇었다. 그리고 공손하게 에르윈의 오른손을 들어 올리고…….

내려온 것은 그의 부드러운 입술의 감촉.

"나는 너를 데리러 온다고 맹세합니다. 그러니까…… 네가 할머니가 되기 전에."

그의 말에 끄덕이면서 에르윈도 맹세의 말을 고했다.

"나는 너를 기다린다고 맹세할게."

"괜찮아. 우리들은 반드시 다시 만날 거야."

"응."

"그때는……."

그는 말했다.

시를 읊듯이. 드높이 선언하듯이, 그리고 달콤하게.

"그때는 나와 결혼해 줘."

미소 지으며 그를 바라보자, 그도 미소 지으며 에르윈을 바라보았다.

더 이상 다른 것은 아무것도 보이지 않았다.

누가 먼저라고 할 것도 없이 양손을 맞잡고.

그리고…….

첫 키스는 마치 봄눈처럼, 살짝살짝 에르윈의 입술 위에 날아 내려와 아련하게 녹아 들어갔다.

1장

가마 위에서 내려다본 길가는 사람으로 가득 차 있었다.

사람, 사람, 사람.

몸을 꼼짝도 할 수 없을게 틀림없을 정도의, 사람의 무리.

아크이라는 조국 벤토스와 비교할 수 없을 정도로 큰 나라라고 듣기는 했지만, 이렇게나 많은 사람을 본 직은 난생처음이었다.

에르윈은 견니시 못하고 호박색 눈동자를 슬쩍 내리깔았다.

대체 얼마나 많은 사람이 모인 것일까?

'설마, 온 나라 사람들이 모인 건 아니겠지?'

생각하니 한층 더 기분이 식어갔다.

왜냐하면…….

이 민중의 대부분은 아스라이 보이는 산기슭의 작은 나라에서 갑자기 찾아온 계집아이를 평가하러 온 사람들.

저도 모르게 입술에서 한숨이 새어 나왔다.

'나는 환영받는 게 아닌걸.'

수그린 어깨에서 얇은 베일이 사르락 사르락 천이 스치는 소리를 냈다.

이 베일은 혼례의 날을 위해서라며 아크이라 왕태자가 선물로 보낸 물건이었다.

벤토스의 가장 높은 산에 내리 쌓이는 눈처럼 흰 그 베일은, 본 적 없을 만큼 섬세한 직물로 만들어져 있었다. 반원이 이어진 모양의 천 끝자락에 수놓아진 섬세한 자수는 대단히 훌륭해서, 이런 때만 아니었다면 에르윈도 그 아름다운 모양에 환성을 지르며 눈을 빛냈으리라.

베일뿐만이 아니었다. 오늘 이날을 위해서만 맞춘, 옷자락과 소매를 길게 늘어뜨린 드레스도, 부드럽게 빛을 발하는 진주를 잔뜩 장식한 머리 장식도, 벤토스 왕가의 관습대로 순백이었다.

흰색은 기쁨의 색. 신부의 색.

모든 것이 어린 시절 꿈꾸었던 그대로…….

그렇지만 그 점도 에르윈의 마음을 전혀 위로해 줄 수 없었다.

'그렇지만 무리인걸…….'

즐거운 마음 따위 절대로 될 수 없었다. 될 수 있을 리 없었다.

오늘은 인생 최악의 날.

에르윈이 오랫동안 마음속에서 줄곧 따뜻하게 품어왔던 첫사랑이 끝나는 날.

이것이 그 사람을 위한 신부 의상이었다면 얼마나 좋았을까.

몇 번을 되뇌었는지 모를 중얼거림이 마음속 저편으로 허무하게 사라져 갔다.

어떻게 할 수도 없었다.

이제 곧 에르윈은 아크이라 왕태자의 신부가 된다.

오늘 처음 만나는, 얼굴도 모르는 남자의 신부가.

＊　　　＊　　　＊

에르윈의 조국 벤토스는 북쪽 지방의 작은 나라이다. 분쟁을 꺼려 오랫동안 중립을 지켜온 평화로운 나라이기도 하다.

완만하게 이어진 구릉에서 질 좋은 목초를 얻을 수 있기에, 벤토스에서는 산양이나 양의 방목이 번창했다. 환경 좋은 곳에서 풍부한 먹이를 먹여 키운 양으로부터 얻는 양모는, 가볍고 부드러워서 질 좋은 직물을 만들 수 있고, 고지에 사는 산양의 젖으로 만들 수 있는 치즈는 맛이 깊어 다른 나라의 상인들도 대량으로 사들이러 올 정도다.

벤토스는 또한 오래전부터 우수한 말을 많이 산출하고 있는 나라이기도 하다. 산악 지방에서 사육된 말은 군용 말로서 각국에 인기가 있기에 벤토스의 중요한 산업 중 하나가 되었다.

분쟁 없는 벤토스에서는 농지가 전쟁으로 황폐해지는 일도 없어서 작물은 순조롭게 자랐다.

치안도 좋고, 세금은 너무 무겁지 않고, 민중은 부지런하다.

대대로 왕은 그런 민중을 사랑하고, 민중 또한 왕을 존경했다.

한가롭고 평온하고 경치가 매우 아름다운 나라 벤토스.

그런 벤토스 왕가의 막내 공주로서 이 세상에 태어난 사람이 바로 에르윈이었다.

엄격하지만 인정 많은 부모님, 믿음직한 오빠, 그리고 두 언니들.

사이좋은 가족에게 둘러싸여 에르윈은 구김살 없이 자랐다.

그러나 인접한 대국 아크이라와 강국 이그니스와의 대립이 격화되자, 벤토스의 평화에도 그림자가 드리워지기 시작했다.

아크이라는 따지고 보면 벤토스와 긴 강을 사이에 둔 지역의, 벤토스보다도 조금 큰 정도의 땅을 영토로 하는 나라였다.

아크이라가 지금처럼 대국이 된 것은 에어하르트 2세의 치세 기간.

용맹했던 그는 스스로 군을 이끌고 주변의 작은 나라를 차례차례 정복해 나갔다.

그때 벤토스가 아크이라에게 멸망당하지 않고 끝난 이유는, 전적으로 에어하르트 2세의 조모였던 여성의 힘 때문이었다고들 말한다.

에어하르트 2세의 조모 에반젤린은 벤토스 귀족의 딸로, 그 아름다움으로 인해 청혼을 받아 아크이라 귀족의 부인이 되었다. 에어하르트 2세는 조모의 조국을 전화에 휘말리게 하는 것을 망설였던 것이다. 어린 시절부터 자신을 귀여워해 주던 다정한 조모의 눈물을 보는 일은, 설령 용맹하고 과감하다고 알려진 에어하르트 2세라 할지라도 견딜 수 없었으리라.

그리하여 벤토스의 평화는 유지되고, 에어하르트 2세의 손자 시대에는 짐차 전쟁도 수습되었다.

다시 그 평화에 암운이 끼기 시작한 것은 남쪽 나라 이그니스의 대두 때문이었다.

이그니스는 남쪽 바다에 접한 나라로, 커다란 항구를 지닌 무역 상인의 도시였다.

커다란 항구에는 온 세계에서 온갖 물건이 모여든다. 설탕. 향료. 고가의 보석. 진귀한 직물. 그리고 무기……. 이그니스가 그 무기를 힘으로 단숨에 군사 대국으로 변모한 것은 그리 오래전의 일은 아니었다.

스스로 힘을 과시하고 싶은 이그니스는 대국 아크이라를 수중에 넣으려고 호시탐탐 그 틈을 노리고 있다.

한편, 아크이라도 야망이 있었다. 이그니스를 멸망시키고 이그니스가 소유한 항구를 아크이라의 것으로 삼을 수 있다면, 아크이라가 더욱 발전을 이룰 것은 명백하기 때문이었다.

이미 아크이라와 이그니스는 일촉즉발의 상태였다. 국경에서는 국경 경비대 사이에서 벌어지는 작은 충돌이 매일처럼 반복되고 있었다. 정식으로 양국에서 선전포고가 나오는 것도 시간문제라고 할 수 있었다.

아크이라가 이그니스와의 전쟁에 대비해 우선 한 일은 주변 각국과의 동맹 강화였다.

주변 각국. 아크이라와 국경을 마주한 벤토스도 물론 그중 하나에 포함된다.

"요컨대 아크이라와 이그니스가 전쟁을 벌이는 사이, 벤토스가 이그니스와 동맹을 맺어서 아크이라를 괴롭힌다든가, 더 심하게 말하면 아크이라를 침공하지 않도록 해달라는 말이죠?"

에르윈이 요점을 간추려서 그렇게 말하자, 벤토스의 왕태자인 오빠는 엷게 미소 지으며 끄덕였다.

"그래, 그 말대로야."

에르윈이 벤토스의 역사와 현재의 정세를 제대로 이해하고 있다는 사실을 알고서 만족한 것이리라.

'나도 조금쯤 공부 정도는 하고 있는걸.'

역사 이야기 시간이나 읽고 쓰기 연습을 땡땡이치고 산으로 숲으로 놀러 다닌 것은 어린 시절 이야기.

열 살 연상의 오빠 눈에는 과년한 아가씨가 된 지금도 에르윈이 그저 작은 여동생으로 보이는지도 모른다.

'벌써 시집도 갈 수 있는 나이인데.'

실제로 두 언니들은 지금의 에르윈보다 어릴 때 출가했다. 모두 벤토스 국내의 귀족 집안이었지만, 두 사람 다 정말로 행복해 보였다.

「다음은 막내 공주님 차례.」

다들 수군거린다는 사실은 알고 있었다.

「상대는 누구?」

「소꿉친구인 플로리안님이실까요?」

그렇지만 에르윈은 그런 소문에는 일절 귀를 기울이지 않았다. 지금도 에르윈의 마음속에는 단 한 사람이 살고 있었다.

웃으면 따스해지는 남색 눈동자.

일곱 살 때 처음 청혼해 준 그 사람을 잊지 않고 계속 기다리고 있었다.

그를 생각하면 지금도 두근두근 가슴이 크게 뛰었다.

그는 지금 어디에서 무엇을 하고 있을까?

'내가 할머니가 되기 전에 데리러 온다고 말해놓고는.'

아주 조금, 불안함이 가슴을 스쳐 지나갔다.

설마 잊었나? 그렇지 않으면 그건 한때의 변덕이었나?

아니, 그럴 리 없다. 왜냐하면 그렇게나 약속했으니까.

나는 믿는다고 맹세했다.

그러니까 기다린다. 그를 기다린다. 설령 할머니가 된다 해도 다른 누구와도 결혼하지 않을 거야.

에르윈은 한층 더 강해진 마음에 뺨을 살짝 붉혔지만, 문득 오빠의 표정을 눈치채고 퍼뜩 정신이 들었다.

에르윈과 같은 호박색을 띤 오빠의 눈동자에는 틀림없이 고뇌가 떠올라 있었다.

오빠는 고민하고 있다. 무언가가 오빠를 괴롭히고 있다. 오빠는 현명하고 참을성 있고 자애로 가득 찬, 그야말로 벤토스의 국왕이 되기 위해 태어난 사람이었다. 그 오빠를 이정도까지 곤혹스럽게 하는 이는 대체 누구?

"왜 그러세요, 오라버니? 무슨 일 있었어요?"

걱정이 되어 오빠의 얼굴을 바라보자, 오빠의 호박색 눈동자에 더욱 깊은 고뇌가 차올랐다.

"에르윈, 이런 끔찍한 일을 너에게 부탁하는 오빠를 용서해 주렴."

"무슨 소리예요?"

"아크이라는 벤토스와의 동맹의 증거로 막내 공주를 넘

기라고 말해왔어."

"······네······?"

"아크이라의 왕태자가 너를 비로 달라고 원했어. 우리들에겐 거절할 방도가 없어. 거절하면 아크이라는 벤토스를 무력으로 침공하겠지."

머리가 새하얘졌다.

사람들은 곧잘 그런 표현을 쓰는데, 받아들이기 힘든 현실에 직면했을 때에는 정말로 머릿속이 새하얘진다는 사실을, 에르윈은 그때 처음 알았다.

내가? 아크이라의 왕태자비로?

'농담이 아니야!'

그런, 이름도 얼굴도 모르는 남자에게로 갑자기 시집가라고 말해도 곧바로 '네' 하고 대답하기는 어려웠다.

하물며 동맹의 증거이다. 왕태자비라고 하면 듣기에는 좋지만, 실상을 들여다보면 에르윈은 인질이다. '만약 아크이라를 배신하면 막내 공주의 목숨은 없다'라고 벤토스를 협박하고 있는 것과 마찬가지.

게다가 그렇지 않아도 에르윈에게는 마음을 정한 사람이 있었다. 남색 눈동자를 지닌 첫사랑이 자신을 데리러 오기를, 에르윈은 지금도 계속 기다리고 있다.

그렇지만······.

그렇지만 '싫다'고는 말할 수 없었다.

자신이 '싫다'고 말하면 벤토스는 멸망하리라.

오빠는 칼에 베여 죽고, 아버지와 어머니는 책형에 처해지고, 민중은 밧줄에 묶인다. 물론 언니와 언니의 가족들 또한 그냥 넘어가지는 않으리라. 뿐만 아니라 대지는 짓밟혀 황폐해지고, 전쟁의 불꽃에 모두 재가 되고, 이 아름다운 풍경도 끝내 황폐해져서…….

상상하고 나니 에르윈은 섬뜩해졌다.

'그런 건 안 돼.'

지켜야만 한다.

지킬 수 있는 사람이 자신뿐이라면, 자신이 지켜야만 한다.

아버지를, 어머니를, 오빠를, 언니를, 민중을, 이 벤토스를.

"다른 방법은 없는 거죠?"

그렇게 묻자 오빠는 작게 끄덕였다.

"아크이라는 새로운 에반젤린을 원하고 있어. 그것이 아크이라의 주장이다."

에반젤린. 그 사람이 있었기에 에어하르트 2세는 벤토스를 침공하지 않았다. 에어하르트 2세의 다정한 조모는 벤토스와 아크이라를 잇는 인연이었다.

지금, 아크이라는 다시 인연을 바라고 있다. 그렇지만 그 인연에 마음은 없다. 있는 것은 아크이라의 피에 젖은 야망뿐.

"……알겠어요……."

마음속으로는 이미 결심했을 터인데, 입 밖에 낸 순간 가슴 깊은 곳에서 무언가가 찢겨 나가는 기분이 들었다.

　남색 눈동자가 가만히 이쪽을 바라본다.

　맹세를 깨려는 에르윈을 슬픈 시선으로 책망한다.

　그렇지만 그 외에 무엇을 할 수 있을까?

　이렇게 하지 않으면 피가 흐른다. 그것도 많은 사람의 피가.

　"미안하다."

　에르윈을 살며시 끌어안은 오빠의 눈동자는 에르윈보다도 몇 배나, 몇 십 배나 괴로워 보였다.

　아마도 오빠는 자진해서 이 역할을 맡았음이 틀림없다. 딸에게 너무나도 잔혹한 운명을 고해야만 하는 부모님의 슬픔을 생각해, 스스로 대신해 떠맡은 것이다.

　에르윈은 오빠의 그 자상함을 잘 알았다.

　오빠는 오빠의 책무를 다한 것이다. 그렇다면 에르윈은 에르윈의 책무를 다해야만 한다.

＊　　　＊　　　＊

　아크이라의 성내로 늘어가 왕궁 앞에 다다르자 가마가 지상 위로 내려왔다.

　처음에는 말을 타고 올 셈이었다.

　벤토스 국왕인 아버지는 혼례에 맞춰 벤토스산 우수한

명마를 몇 마리 딸려 보내주었다. 그중에는 물론 에르윈의 애마도 포함되어 있었다. 그러나 되돌아온 것은 은근히 무례한 대답.

"아크이라에는 혼자서 말에 오르는 그런 경박한 여성은 없습니다."

벤토스에서는 여자도 말을 탔다. 왕비인 어머니도, 신분 높은 귀족 부인이 된 언니들도, 모두 승마를 잘한다.
'경박해서 미안하네……'
요컨대 '시골뜨기'라고 바보 취급하는 것이로구나.
입 밖으로 낼 수 없는 원망을 마음속으로 중얼거리면서 에르윈은 가마에서 내렸다.
주변을 둘러보자, 호위로서 벤토스에서 에르윈을 따라온 플로리안은 이미 말에서 내려 지상에 한쪽 무릎을 꿇고 머리를 조아리며 에르윈을 기다리고 있었다.
에르윈은 플로리안에게 손을 내밀었다. 플로리안은 곧바로 일어서서 에르윈의 손을 잡았다.
본래대로라면 신부를 교회 안으로 이끌고 신랑에게 인도하는 일은, 신부의 아버지나 오빠 혹은 가까운 친족의 역할이었다. 그러나 지금 에르윈 곁에는 아버지도 오빠도 없었다.
가족과는 국경에서 헤어졌다. 지금까지 시중을 들어주

던 시녀들도 데려올 수 없는 것으로 정해져 있었다.

유일하게 동행을 허락받은 것은 벤토스의 공작가 차남인 플로리안을 필두로 하는 몇 명의 호위관들.

그들은 이대로 아크이라에 머물게 된다. 형식상으로는 아크이라 왕의 신하가 되어 아크이라 군의 소속이 되지만, 왕태자비가 될 에르윈의 곁을 섬기며 에르윈을 지키는 것이 그 역할이었다.

그들 외에는 더 이상 어느 누구도 기댈 이는 없었다.

몸속 깊숙한 곳에서 샘솟는 불안함과 싸우면서, 에르윈은 간신히 한 걸음 내디뎠다.

다리가 떨렸다. 머리가 어질어질했다. 눈이 돌아서 지금 당장에라도 주저앉을 것만 같았다.

에르윈의 상태를 눈치챈 것이리라. 플로리안이 작은 목소리로 속삭였다.

"괜찮아, 에르?"

'에르.'

소꿉친구인 플로리안이 평소와 다름없는 애칭으로 부르자 아주 조금 용기가 솟았다.

"괜찮아."

에르윈은 실짝 끄덕이고는 고개를 늘었다.

'나도 벤토스 왕가의 딸인걸. 꼴사나운 모습을 보일 수는 없어.'

스스로 마음에 새기며 에르윈은 걷기 시작했다.

힘내는 거야, 에르윈. 최대한 우아하게 걷는 거야.

내가 정신 똑바로 차리지 않으면, 아버님이나 어머님이 비웃어지고 깔보이게 된다.

왕궁까지 다다르는 아주 짧은 거리가, 에르윈에게는 아득한 저편처럼 느껴졌다.

앞으로 조금만. 앞으로 몇 걸음만.

'그러면 끝이야.'

일순 마음이 느슨해졌는지도 모른다.

떨리던 다리가 꼬였다.

"에르!"

플로리안이 소리를 지르며 양손을 내밀었다. 그 손에 매달리는 것보다 빠르게, 옆에서 뻗은 힘 있는 손이 에르윈의 허리를 들어 올렸다.

에르윈은 깜짝 놀라 자신을 강제로 끌어안은 누군가의 얼굴을 올려다보았다.

일단 눈에 들어온 부분은 눈부실 만큼 빛나는 은색 머리카락. 그다음으로 늦가을에 가득 늘어선 양떼구름 사이로 엿보는 하늘보다 더욱 맑은 아름다운 물빛 눈동자.

그 순간 에르윈의 가슴속에 떠오른 감정은 감탄이자 상찬이었다.

'정말 아름다운 사람이야……'

이렇게 아름다운 사람을 에르윈은 이제껏 본 적이 없었다. 때때로 왕궁을 찾아오는 음유시인들이 노래하며 들려

주던 이야기에 나오는 전설 속 아름다운 공주들도, 이 사람에게는 도저히 당해내지 못할 것이 틀림없었다.

분명 하느님은 이 사람만을 특별 취급해서, 그 손으로 특별히 공들여 만들었으리라.

그런 식으로 생각하고플 만큼 완벽한 미모…….

"에르…… 에르윈님……!"

갑자기 플로리안의 목소리가 에르윈을 현실로 불러들였다.

다리가 꼬여 비틀거린 것만으로도 부끄러운 일인데, 낯선 누군가에게 끌어안긴 것만으로도 모자라 그 사람에게 넋이 나가 멍해져 있었다니 나도 참 어떻게 되었나 보다.

저도 모르게 뺨을 붉히면서 에르윈은 자신을 안고 있던 사람의 가슴을 살짝 밀었다. 그것이 신호였던 듯이 허리를 둘렀던 팔이 떨어졌다.

"에르…… 에르윈님, 다치신 곳은 없으십니까?"

플로리안이 다시 에르윈의 손을 잡았다. 플로리안은 에르윈을 '에르윈님'이라고 부르는 것에는 좀처럼 익숙해질 수 없는 모양이었다.

에르윈 스스로도 그렇게 불리는 것을 쑥스럽게 생각하면서, 플로리안에게 딱딱한 미소를 보냈다.

"다친 곳은 없어. 고마워, 플로리안."

그런 다음 방금 전 에르윈을 끌어안은 은색 머리카락의 청년 쪽으로 고개를 돌렸다.

그는 아름다울 뿐만 아니라 올려다볼 정도로 키가 컸다. 그러고 보니 방금 전 끌어안아 주었던 가슴도, 에르윈이 폭 가려질 정도로 넓었던 것 같은 기분이 들었다.

아마도 나이는 에르윈과 같거나 그보다 아주 조금 연상 정도.

그는 미소 짓고 있었다. 에르윈이 어떤 말을 입에 담을지 기대되어서 견딜 수 없다는 듯이, 물빛 눈동자가 즐겁게 빛나고 있다.

"당신께도 감사드려요. 신세 졌습니다."

에르윈은 빠른 어조로 그렇게 말하고 곧바로 시선을 피했다.

그가 무엇을 기대하고 있는지는 모르지만, 처음 만난 사람에게, 그것도 이런 이국의 땅에서 많은 사람이 보고 있는 가운데에서, 어떻게 말을 걸어야 할지 모르겠다.

그대로 허둥지둥 떠나려고 하자, 에르윈의 바로 뒤를 따르던 중년 여성이 타이르듯이 작은 목소리로 말했다. 아마도 에르윈의 신변을 돌보아줄 시녀 중 하나이리라.

"왕태자 전하이십니다."

"네……?"

"후계자이신 지크프리트님이십니다. 당신의 남편이 되실 분이세요."

"아……."

그렇다면 이 사람이?

'이 사람이 내 남편?'

황급히 에르원은 고개를 숙였다.

"……처음……."

떨리는 목소리를 삼켰다.

"처음 뵙겠습니다."

이럴 수가.

'이런 기습, 반칙이잖아!'

처음부터 이름을 댔다면 좀 더 제대로 대응했을 터인데.

잠깐의 사이.

그다음 들려온 소리는 우습고도 우스워서 참을 수 없다는 듯한 높은 웃음.

그것이 에르원이 처음 듣게 된 자신의 남편 될 사람의 목소리였다.

놀라서 고개를 들자, 비밀을 알고 있는 사람이 그것을 모르는 사람에게 보내는 듯한 의미심장한 미소를 띤 물빛 눈동자와 맞부딪쳤다.

"좋아."

지크프리트가 말했다.

"반가워, 벤토스의 막내 공주님. 그리고 내 신부님."

"……."

"아무래도 이 결혼은 그대에게 있어서 굉장히 본의 아닌 것인 모양이군."

당연하죠!!

말해 버리고 싶은 마음을 억누르며 에르윈은 변명거리를 찾았다.

"……결코…… 그런 일은……."

"무리하지 않아도 괜찮아."

그러나 곧바로 딱 가로막혔다.

"안심하도록 해. 이 혼례로서 아크이라와 벤토스와의 화평은 오래도록 유지될 거야. 그대가 내 좋은 비로 있는 한은 말이지."

에르윈은 고개를 숙이고 입술을 깨물었다.

'기분 나쁜 남자…….'

하느님의 사랑과 은총을 한 몸에 받은 듯이 아름다운 얼굴. 목소리도 그 미모에 어울리게 생기 있고 편안했다. 그렇지만 호감이 가지 않는다고 생각했다.

'뭐가 '그대가 내 좋은 비로 있는 한은 말이지' 야.'

요컨대 그 말은 에르윈이 좋은 비가 아닌 경우에는 벤토스를 침공해 멸망시키겠다는 소리이리라.

무엇보다도 그의 자못 의미심장한 말투나 눈빛이 싫었다. 고압적으로 큰 소리를 치지는 않았지만, 부드러운 목소리나 에두른 말에서 서서히 목을 조여오는 듯한 위압적인 감각이 느껴졌다.

에르윈은 말했다.

"걱정하실 필요는 없어요."

못마땅한 마음을 숨길 수 없었다. 자신의 입장은 제대로 이해하고 있지만, 그래도 얌전히 고개 숙인 채 있으려니 너무나도 아니꼬웠다.

"저는 제 역할을 포기하지는 않아요."

사소한 선전포고. 지크프리트의 아름다운 물빛 눈동자에 어렴풋이 미소가 떠올랐다.

"이것 참, 내 신부님은 제법 믿음직스럽군."

"……."

"일단 솜씨가 어떤지 좀 보도록 하지."

지크프리트는 플로리안의 손에서 억지로 에르윈을 빼앗아 왕궁 안으로 이끌었다.

에르윈의 가슴에는 절망이 차올랐다.

이것으로 더 이상 되돌릴 수 없다. 모든 것이 끝이다.

그러나 에르윈은 곧바로 그런 자신에게 경고했다.

무슨 소리를 하는 거니, 에르윈?

끝이 아니야.

진정한 지옥은 이제부터 시작되는 거야.

* * *

예배당 앞에서 치르는 간소한 맹세 의식 뒤에는 예배당 안에서 지내는 미사. 미사가 끝나면 왕궁에서 치르는 성대한 연회.

그리고…….

그다음은 첫날밤이 에르윈을 기다리고 있었다.

시녀들의 손에 이끌려 간 곳은 왕궁 깊숙이 자리한 방. 밝은색 직물이나 태피스트리로 장식된 침실과 하나로 이어진 방이었는데, 아마도 여기가 아크이라의 왕태자비로서 에르윈이 머물게 될 방이리라.

새하얀 비단 잠옷을 걸치고, 질 좋은 리넨 시트로 덮인 침대 위에 따분하게 앉아 에르윈은 살며시 한숨을 쉬었다.

응접실에서는 아직 남자들의 야단법석이 이어지고 있을 터이지만, 여기 있으니 그 소리도 전해지지 않았다.

'조용한 건 좋구나……'

적어도 인질에게는 그편이 어울린다.

혼례 연회는 에르윈이 이제껏 본 적도 들은 적도 없을 만큼 호화롭고 소란스러운 자리였다.

크고 큰 테이블 위에는 오늘 이날을 위해 준비된 사치스러운 요리가 빈틈도 없이 늘어져 있었다. 왕궁에 모인 귀족들은 제각각 화려한 의상을 몸에 두르고 와인에 거나하게 취해 떠돌이 예인들의 춤과 노래에 환성을 질렀다.

그러나 에르윈은 그 광경이 현실의 것이라고는 생각되지 않았다. 어째서인지 전부 꿈속에서 일어나고 있는 일만 같아서, 눈으로 보는 것, 귀로 듣는 것, 피부로 느끼는 것, 모든 것이 싱겁고 애매했다.

'앞으로 일어날 일도 그런 식으로 애매하게 지나갈까……'

어머니에게는 도저히 물을 수 없어서, 이미 결혼한 언니들에게 가르침을 청했다. 부끄러운 일이라는 것은 알았지만 에르윈은 필사적이었다. 사전에 여러 가지 일을 알아두면 조금은 마음가짐도 달라질 것 같은 기분이 들었던 것이다.

그러나 두 언니들의 대답은 한결 같아서.

「왕태자님께 맡기고 왕태자님께서 하시는 대로 따르면 돼.」

구체적인 말은 아무것도 없다는 사실에 에르윈의 불안은 한층 더 심해졌다. 더군다나 작은언니가 덧붙인 한마디는 에르윈을 절망의 나락으로 떠밀었다.

「왕태자님이 심한 일을 하시는 분이 아니라면 좋을 텐데…….」

곧바로 큰언니가 작은언니를 나무랐다.

「어머! 무슨 말을 하니! 그런 소리를 하면 안 돼.」

「……아……. 미안해……. 나…….」

「괜찮아. 아크이라의 왕태자님은 현명하고 무용도 뛰어난 분이라고 소문으로 들었는걸. 왕태자로서의 분별도, 남자로서의 분별도 틀림없이 제대로 갖추신 분일 거야.」

큰언니는 그렇게 말하고서 미소 지었지만, 그것으로도 에르윈의 마음을 달래주지는 못했다.

그렇다면 그렇지 않았을 때에는? 왕태자 전하가 나름대로 분별을 갖추신 분이 아니라면 나는 어떻게 되는 거지?

그때 느낀 섬뜩한 감각이 되살아나자 에르윈은 몸을 부들 떨었다. 그러고 나서 아까까지 자신의 곁에 서서 모든 이들에게 웃는 얼굴을 자랑하던 지크프리트에 대해 떠올렸다.

분명 아름다운 사람이기는 했다. 은색 머리카락. 물빛 눈동자. 키도 크고 어깨도 넓은 데다 에르윈의 손을 잡은 손가락은 부드러우면서도 힘이 넘쳤다.

모든 이들이 건네는 축복의 인사에 붙임성 있게 응하던 모습으로 볼 때, 어쨌거나 바보는 아닌 모양이었다.

한눈에 외면하고 싶어지는 상대가 아니라는 점은 하느님께 감사해야 마땅할지도 모른다.

그렇지만⋯⋯.

에르윈의 뇌리에 지금도 결코 잊을 수 없는 모습이 떠올랐다.

지금도 뚜렷이 기억한다. 맨 처음 걸었던 말은 이러했다.

"희한한 모양의 머리 장식이구나."

갑자기 말을 걸어와 뒤돌아보자, 망아지가 도망치지 않게끔 막아놓은 울타리에서 이쪽을 바라보고 있는 어린아이가 있다.

남자아이였다. 검은 머리카락으로, 나이는 에르윈과 같거나 조금 위쯤?

본 적 없는 아이였다.

이곳은 왕실의 목장으로 질 좋은 말을 많이 키운다. 근처에는 농가도 없고, 마구간 지기 가족에게도 아이는 없었다.

에르윈은 말 위에서 경계심을 가득 담아 그 남자아이를 바라보았다.

대체 어디 사는 아이일까? 혹시 떠돌이 예인이나 상인의 아이일까? 그런 것치고는 근처에 어른들도 없고…….

그러나 남자아이는 에르윈의 눈빛 따위는 아무래도 좋은 듯, 울타리 위에 양팔을 걸치고 그 위에 턱을 얹고서 다시 말했다.

"벤토스에서는 그런 머리 장식 리본이 유행해?"

대답해 줄 의리는 없었다. 모르는 척하고 있자니, 그 아이는 더욱 무례한 말을 던졌다.

"그런 걸 뭐라고 하는지 알아? 참신하다고 하는 거지? 새롭고 희귀하다는 뜻이야. 너는 참신한 게 좋아?"

"시끄러워."

결국 참을 수 없어서 에르윈은 말대꾸했다.

"내 리본이 어떻든 너랑은 관계없잖아."

벌꿀 색을 띤 에르윈의 곱슬머리를 정돈하기 위해 머리에 감은 머리 장식은, 벤토스 전통의 자수를 놓은 폭이 넓은 리본이었다. 어머니와 언니에게 배우면서 에르윈이 처음 자기 손으로 만든 것이었지만, 처음인 만큼 바느질 땀은 너덜너덜하고 무늬의 형태도 삐뚤어졌다. 참신하다고 야유받아도 할 말 없는 물건인지도 몰랐다.

그렇다고 해서 남에게 그 부분을 지적받고 싶지는 않았다. 스스로도 '나는 조금 서툰가 봐' 하고 자각이 있는 만큼 더 그랬다.

이 이상 모욕한다면 용서하지 않을 테야.

그런 마음을 가득 담아 에르윈은 그 아이를 째려보았지만, 그 무례한 남자아이는 에르윈의 머리 장식 따위는 정말 아무래도 좋았던 것인지 그 이상은 아무 말도 하지 않고 이번에는 에르윈이 아닌 어딘가를 바라보았다.

'이상한 아이……'

그쪽이 무시할 셈이라면 이쪽도 무시하면 된다.

에르윈은 휙 눈을 돌리고서 닉스의 고삐를 당겼다.

새하얀 털이라서 '닉스(눈)'라고 이름 붙인 이 말은, 잘 길들여진 데다 성격도 얌전했다. 이 닉스라면 혼자서 자유롭게 타도 좋다는 허락을 받은 것은 일곱 살 생일 때. 울타리로 둘러싸인 승마장 안에서만 타라는 조건이 붙기는 했지만, 그 이래 에르윈은 틈만 나면 이 목장에 들어와 닉스를 탔다.

모처럼 즐거운 시간을 저런 남자아이에게 방해받다니, 아깝다.

산기슭 마을이라면 슬슬 땀이 배어나올 계절이지만, 고원 지대에 위치한 벤토스는 지금이 가장 상쾌하고 좋은 계절. 하늘은 빠져들 듯이 푸르고, 나무들의 푸름은 짙다. 초원에 부는 산들바람이 어딘가에서 핀 로즈마리의 향기를 실어온다…….

어느새 이상한 남자아이 따위는 잊어버렸다. 에르윈은 닉스와 함께 열중해서 벤토스의 바람을 갈랐다.

문득 정신을 차린 이유는 시선을 느꼈기 때문이다. 소년은 아직 그곳에 있었다. 맨 처음에 만난 그 장소에서 뚫어져라 에르윈을 바라보고 있었다.

그때, 에르윈은 그 아이의 눈동자가 깊은 숲 속의 호수처럼 맑은 남색을 띠었다는 사실을 처음으로 깨달았다.

놀라지는 않았다. 그런데 어째서인지 깜짝 놀랐을 때처럼 가슴이 두근, 울렸다.

에르윈의 동요를 깨달았는지 닉스도 발을 멈추었다.

정신이 들자 서로 마주 보고 있었다. 그것은 한순간 벌어진 일인지도 모르지만, 에르윈에게는 정말로 정말로 오랫동안이라고 느껴져서…….

마치 멈춰 버린 듯했던 시간을 움직인 것은 그 아이 쪽.

그는 말했다.

"말 타는 거, 굉장히 잘하는구나."

그의 얼굴에 살짝 미소가 떠올랐다. 무심코 자신도 미소를 자아내며 에르윈은 대답했다.

"고마워. 그렇지만 여기에서는 보통이야."

벤토스에서는 남자아이도 여자아이도 어릴 적부터 말을 탄다. 먼 옛날, 좀 더 남쪽에서 말을 타고 온 사람들이 정착해서 벤토스가 되었던, 그 영향이리라.

어쩌면 소년은 어딘가 다른 나라에서 온 아이일지도 모른다고 에르윈은 생각했다. 그러고 보니 에르윈의 머리 장식 리본을 지적했을 때에도 '벤토스에서는' 이라고 말하지 않았던가.

갑자기 흥미가 동해 에르윈은 닉스에서 내려 소년에게 다가갔다.

"너는 말을 못 타?"

그 질문에 소년은 조금 고개를 갸웃하고서는 대답했다.

"너 정도는 아니야."

그러고 나서 조금 떨어진 곳에 있던 갈색 털의 말을 가리켰다.

"그렇지만 큰 말은 무리여도 저 정도의 작은 말이라면……."

소년이 손가락으로 가리킨 말을 보고, 에르윈은 가볍게 소리를 내며 웃었다.

"저건 무리야. 망아지인걸."

남자아이가 입을 다물었다.

"말은 사람이 탈 수 있도록 훈련받아야만 해. 그 훈련은 어른이 되고 나서야 할 수 있어."

"……."

"훈련받지 않은 말은 어떤 명인이라도 탈 수 없어. 너, 아무것도 모르는구나."

사소한 거짓말이 들통 나자, 겸연쩍은 듯 갑자기 딴청을 피우는 남자아이의 옆모습은 묘하게 귀여워 보였다. 어린 마음에도 그 아이의 자존심을 상처 입혀 버리고 말았다는 사실을 미안하게 여기면서, 에르윈은 남자아이에게 살짝 미소 지었다.

"만져 볼래?"

"어……?"

"괜찮아. 이 아이는 정말로 얌전한걸."

"……정말로……?"

"응. 게다가 말은 사람의 마음을 알아. 네가 이 아이에게 다정하게 대하고 싶다고 생각하면, 그 감정은 이 아이에게 전해질 거야. 마구간 지기 할아버지도 그렇게 말했어."

그렇게 말하며 에르윈이 본보기를 보이듯이 닉스의 콧등을 부드럽게 쓰다듬자, 남자아이도 울타리 너머에서 머뭇머뭇 손을 뻗었다.

그의 손끝이 살짝살짝 닉스에게 닿았다. 싫은 기색을 보이지 않는 닉스의 모습에 안심한 듯, 그 손끝은 조금씩 하얗고 부드러운 털 속으로 파고들었다.

"닉스라고 해. 이름을 불러줘. 그렇게 하면 더 친해질 거야."

"닉스……?"

"그래."

"닉스…… 닉스……."

남자아이는 닉스의 이름을 부르면서 닉스의 털을 살짝

쓰다듬었다. 닉스도 기분 좋은지 남자아이의 손바닥에 콧등을 들이밀었다.

"말은 따뜻하구나."

"그렇지?"

남자아이의 말에 에르윈은 싱긋 미소 지었다. 남자아이의 얼굴에도 에르윈과 마찬가지로 미소가 떠올랐다.

어째서인지 가슴이 들썩들썩했다. 기쁘고 즐거워서 마음속에서 무언가 춤추는 것만 같았다.

말을 입에 담는 것조차 아쉬웠다. 그저, 이렇게 서로 미소 짓고 싶었다. 그렇지만 어디서인가 멀리서 들려온 목소리가 행복한 시간을 갈라놓았다.

그 목소리는 누군가를 부르는 모양이었다.

남자아이는 초원의 토끼처럼 갑자기 쭉 허리를 펴고서 그 목소리에 귀를 기울였다.

"가야 해. 나를 찾으러 왔어."

"그래."

에르윈은 매우 실망스러운 기분이 되었다. 조금 더 그와 함께 있고 싶었다. 그와 이것저것 하며 놀고 싶었는데…….

남자아이도 그것은 같은 마음이었을지도 모른다. 그 아이는 진지한 표정으로 말했다.

"내일도 올래?"

에르윈은 크게 고개를 끄덕였다.

"응."

"내일도 올 수 있어?"

"응!"

그것이 두 사람의 맨 처음 약속······.

갑자기 떠들썩한 소리가 에르윈의 뇌리에서 따스한 기억을 지우고 잔혹한 현실로 불러들였다.

목소리가 가까워져왔다. 술 취한 남자들의 커다란 목소리. 무언가 노래를 부르는 모양이었다. 신부를 칭송하고 첫날밤의 침대로 향하는 신랑을 야유하는 상스러운 노래.

방 앞에서 환성이 커졌다. 대체 몇 명이나 있는 것일까? 혼례 축하연에 초대된 남자들은 전부 온 것이 아닐까 하는 생각이 들 정도로 소란스러웠다.

그대로 취한 남자들의 무리가 방 안으로 밀려들지는 않을까 싶어, 에르윈은 공포로 몸이 굳었지만 다가오는 발소리는 한 사람의 것이었다.

"혹시 놀라게 한 건가."

지크프리트는 말했다.

"이런 짓궂은 장난은 혼례 날의 밤에는 따라붙게 마련이야. 넓은 마음으로 이해해 주면 고맙겠어."

에르윈은 떨면서 작고 작게 고개를 끄덕였다.

지크프리트를 신부의 잠자리로 바래다준 남자들의 발소리가 멀어지는 것에 안도하는 한편, 이번에는 다른 공포가 샘솟아 올라 에르윈의 몸은 더욱 굳어졌다.

이 방에는 지크프리트와 단둘뿐.

앞으로 시작될 일을 생각하면 무섭고 무서워서…….

그런 에르윈을 어떻게 여겼는지는 모르지만, 지크프리트는 둘렀던 망토를 벗어 던지고 에르윈이 있는 침대 곁으로 가까이 다가왔다.

지크프리트가 몸에 두른 옷은, 아직 혼례식 때와 같은 것이었다. 금실 은실로 호화로운 자수를 놓은, 남색에 가까운 짙고 짙은 푸른색 상의. 몇 번이고 몇 번이고 염색을 반복해야 겨우 얻을 수 있는 이 색의 직물은 매우 비싸서, 고귀한 사람만이 몸에 걸칠 수 있었다.

지크프리트의 긴 팔이 뻗어와 떠는 에르윈을 꽉 껴안았다. 저도 모르게 지를 뻔했던 비명을 지크프리트의 손바닥이 막았다.

"소란 피우지 마. 문 앞에서 귀를 기울이는 시녀들이 듣고 말 거야."

시녀들이? 듣고 있다?

'그 말은 엿듣고 있다는 소리?'

에르윈이 놀라서 눈을 크게 뜨자, 지그프리트는 에르윈의 입가를 막고 있던 손바닥을 떼어내며 쓰게 웃었다.

"놀랄 일이 아니잖아? 신 앞에서 서로 영원을 맹세하고 혼례 연회에서 축복받아도 그것만으로는 결혼한 걸로 치지 않아. 지체 없이 첫날밤을 치러야 비로소 신랑과 신부는 부부로서 인정받을 수 있어. 즉, 첫날밤 없이는 계약이 성립

되지 않는다는 말. 그들은 그에 대한 중요한 증인이야. 이런 사정은 벤토스에서도 마찬가지라고 생각하는데……."

그런 것일까? 국왕과 왕비인 에르윈의 부모님의 침실 앞에는 분명 불침번 서는 위병이 밤새 두 사람을 지킨다. 시녀들도 바로 곁에 대기하고 있지만, 그것은 옆방에서의 일. 침실 입구에서 귀를 세우다니, 그런 실례되는 일이 알려지면 그 시녀들은 곧바로 해고당하리라.

아크이라는 타국이라서 역시 벤토스와는 풍습이 다른 것일까? 그렇지 않으면 그만큼 나라와 나라 사이의 약속은 무겁다는 소리???

당혹스러워하는 에르윈을 보며 지크프리트가 살짝 눈을 가늘게 떴다.

"혹시 아무 말도 못 들었다던가?"

끄덕이기에는 조금 용기가 필요했다. 신부로서 필요한 교육을 받지 않았다고 판단되면, 에르윈뿐만 아니라 벤토스 그 자체가 웃음거리가 될지도 모른다.

그렇지만 거짓말을 할 수는 없었다. 그 상황을 모면하려고 거짓말을 해보았자 사태는 진흙탕이 될 뿐. 간신히 그러모은 이성이 그런 식으로 속삭였기 때문이기도 하지만, 무엇보다 에르윈은 거짓말을 하지 못한다. 솔직한 성격은 다른 사람을 속이기에 맞지 않았다.

무안해하면서도 어쩔 수 없이 에르윈은 눈을 내리깔고 사죄했다.

"죄송합니다, 전하……. 저, 공부가 부족해서……."

"설마 첫날밤…… 즉, 남자가 여자를 안는 게 어떤 것이지 모른다, 그렇게 말하지는 않겠지?"

"언니들은 왕태자 전하께 맡기고 전하가 하시는 대로 따르면 된다고……."

머뭇머뭇 대답하자, 지크프리트의 입술에서 성대한 한숨이 흘러나왔다.

"믿을 수 없어. 말도 안 돼. 생각할 수 없어."

"……전하……."

"아무리 벤토스의 공주라고는 해도 싸고도는 것에도 정도가 있지."

"……."

나무란다고 느꼈다. 그렇지 않으면 기가 막혔나? 이렇게 될 줄 알았다면 떨떠름해하는 언니들에게 애원해서 좀 더 첫날밤에 대해 자세히 들어두었다면 좋았으리라고 후회했지만, 이제 와서 그런 것을 생각해 봤자 이미 엎질러진 물이었다.

하릴없이 어깨를 움츠린 에르윈을 내려다보며 지크프리트는 다시 커다란 한숨을 내쉬었다.

"어쩔 수 없군. 내가 가르쳐 주지. 이것도 남편의 의무야."

그런 다음 잠시 생각하더니 이렇게 말했다.

"어디 보자……. 말. 이를테면 말. 벤토스 인에게 말은 매우 친숙한 동물인 모양인데, 그대에게도 마찬가지겠지."

"네, 물론이죠."

어린 시절 정말 좋아했던 닉스는 이미 나이가 들어 죽어 버렸지만, 그 망아지를 얻어서 아크이라에도 데려왔다. 벤토스에 있을 때는 에르윈 스스로 흰 털을 손질해 주었지만, 아크이라에 오고 나서는 그런 모습을 보는 것도 뜻대로 되지 않았다.

"그럼 말이 교미하는 장면을 본 적은 있어?"

에르윈은 그 질문에 크게 고개를 끄덕였다.

"예. 그것도 물론이죠."

봄이 되면 말들을 고원에 있는 커다란 목장에 데려간다. 그곳에서 에르윈은 말들의 사랑을 몇 번이나 지켜보았다. 싫어하는 수말은 결코 가까이하지 않는 암말의 의연함. 좋아하는 암말의 마음에 들려고 몇 번이고 바싹 다가서는 수말의 갸륵함. 이윽고 사랑을 키운 두 마리 사이에서 망아지가 태어난다. 그 모습은 에르윈에게 기적처럼 엄숙하고 다정하고 사랑스러운 광경이었다.

그렇지만······.

"저기····· 그게 첫날밤이랑 무슨 관계가······?"

의문을 품으면서 묻자, 지크프리트는 지당하다는 표정으로 말했다.

"인간도 마찬가지야. 말과 같아."

"······말과 같아······?"

"즉⋯⋯."

자세하게 설명을 듣고 간신히 그것이 어떤 뜻인지 이해한 에르윈은, 귀까지 화끈 새빨개지더니 그다음에는 단숨에 새파래졌다.

첫날밤이란 그런 일을 하는 것인가. 언니들이 자세히 말해주지 않을 만하다. 그런 부끄러운 일을 그 언니들이 입에 담을 수 있을 리 없다.

"그럼 그렇게 알고⋯⋯."

지크프리트가 침대 위에 무릎을 올렸다. 무게로 침대가 삐걱 소리를 냈다.

에르윈은 저도 모르게 리넨 위에서 뒷걸음질 쳤다.

아까까지는 무슨 일을 당할지 몰라서 무서웠지만, 무슨 일을 낭할지 알게 된 지금은 다른 공포가 마음을 뒤덮었다.

오늘 처음 만난 남자에게 자신의 몸을 좋을 대로 내어주다니, 그런 것은 무서웠다. 너무 무서웠다.

에르윈은 지크프리트에게서 도망치려고 했지만, 좁은 침대 위에서 곧바로 구석에 몰려 도망칠 곳이 사라졌다.

지크프리트의 긴 손가락이 에르윈의 팔을 움켜쥐었다. 눈 깜짝할 새도 없이 잡아당겨져 꽉 끌어 안겼고, 정신을 차리자 침대 위에서 지크프리트가 위에서 덮치고 있었다.

지크프리트의 팔은 강하고 가슴은 넓어서 도저히 빠져나갈 수 없을 것만 같았다. 부득이하게 전해져오는 체온에서 조금이라도 벗어나려고 몸을 굳혔지만, 그래도 지크프리트라는 존재를 거부할 수가 없어서…….

놀라서 비명조차 지르지 못하는 에르윈을 보며 킥 하고 웃음을 흘리더니 지크프리트는 작디작게 소곤거리는 목소리로 말했다.

"어째서 도망치는 거야? 내 아내여."

"그렇지만……."

목소리가 떨렸다. 혀가 굳어서 제대로 말할 수 없었다.

"그렇지만…… 교미할 때의 수말은 굉장한걸요. 펴, 평상시에는 생각할 수 없을 만큼 커지니까요."

어디인가는 말하지 않았지만, 지크프리트에게는 통한 모양이었다.

"그렇군. 분명."

"그런 게 들어가면 저, 망가져 버릴 거예요."

지크프리트가 웃음을 터뜨렸다.

"아무리 나라도 말 정도로 크지는 않아."

"그렇다고 해도! 그렇다고 해도…… 무리예요…… 무리……. 못해요……."

"괜찮겠어?"

그렇게 말하는 지크프리트.

"첫날밤을 치르지 않으면 나랑 결혼한 게 아니라고."

"……."

"너는 무엇을 위해 아크이라에 온 거야?"

지크프리트의 말이 에르윈의 가슴을 후벼 팠다.

"그대가 그래서야 벤토스와의 조약도 파기될지도 모른다고."

심술궂게 말하자 에르윈은 지크프리트를 노려보았다.

정말 기분 나쁜 남자. 얼굴은 아름답지만 마음속은 썩었다. 이런 남자가 자신의 남편이라니. 이런 남자와 앞으로 계속 살아야 한다니!

그렇다고 해도 거스를 수는 없었다. 거스르면 지크프리트의 말대로 아크이라가 벤토스를 침공할지도 모른다.

'나만 참으면……'

그렇게 하면 벤토스의 평화는 유지된다.

에르윈은 눈을 내리깔고 몸에서 힘을 뺐다.

"착하구나……"

지크프리트의 숨결이 뺨을 스치는 감촉.

몸을 굳히며 스스로 타일렀다.

괜찮아. 눈을 감고 있으면 금방 끝날 거야. 이런 일, 아무렇지도 않아. 그래, 그러려고 나는 여기에 온 거니까…….

순간 바로 곁에서 지크프리트가 피식 웃음을 흘리는 소리가 들렸다. 쿡쿡 억눌린 웃음은 이윽고 참을 수 없다는 듯이 커졌다.

지크프리트는 커다란 손바닥으로 자신의 입가를 막고 소리를 죽이려고 노력하며 자지러지게 웃었다.

"거짓말이야. 농담, 농담."

"……네……?"

"걱정하지 않아도 돼. 아무 짓도 안 할 테니까."

"……아무 짓도…… 안 해요……?"

아니, 그 말은 무슨 뜻?

영문을 몰라서 지크프리트를 바라보자 지크프리트는 천천히 몸을 일으키더니 에르윈에게서 떨어진 후 씨익 그 아름다운 입가에 미소를 띠었다.

"왜냐하면 그대, 싫잖아?"

"……."

"나는 싫다는 여자를 억지로 안는 취미는 없으니까 말이야."

뿌리치듯이 말하자 에르윈의 마음은 얼어붙었다.

"그럼 벤토스는 어떻게 되는 거예요……?"

나 때문에 벤토스는 전쟁에 휘말리게 되는 것일까?

그러나 지크프리트는…….

"내가 그런 쩨쩨한 남자로 보여?"

"……."

"그대가 내 뜻대로 되지 않는다고 해서, 화풀이로 그대의 조국을 침공하지는 않아."

그렇게 말해도 어쩌라는 거냐는 듯이 에르윈은 지크프리트를 노려보았다. 왜냐하면 오늘 저음 만났는데 지크프리트의 속내 따위를 헤아릴 리 없었던 것이다.

"뭐, 말은 그렇게 했어도 그걸로는 납득하지 않을 사람들이 존재하는 것도 분명해. 그러니까……."

지크프리트는 그렇게 말하고 에르윈에게 방심할 수 없는 웃음을 던졌다.

"사랑합니다."

지크프리트가 속삭였다.

"자, 말해봐. 사랑합니다. 당신을 진심으로 연모하고 있습니다."

"하아?"

"연기야, 연기. 그렇게라도 해야 나와 그대가 확실히 부부가 되었는지 아닌지 문 밖에서 듣는 이들이 납득하겠지."

"그건, 모두를 속인다는 말?"

에르윈은 화가 나서 눈을 치켜떴다. 그러나 지크프리트는 기죽지 않았다.

"듣기 거북하네. 이런 걸 방편이라고 하는 거야. 그렇지 않으면 사실은 나에게 안기고 싶어? 혹시 그렇다면 나는 그래도 괜찮은데."

"우……. 우우우우우……."

"왕태자 전하에게 맡기렴, 이라는 말 들었지? 그렇다면 그대는 내 말대로 해야 마땅하지 않을까?"

싱긋.

'역시 기분 나쁜 남자.'

그것도 굉장히.

에르윈은 그 생각을 깊게 새겼다.

아무리 남편이라는 입장에 있다고 해도, 어째서 이렇게

거들먹거릴까? 이런 행동을, 남의 약점을 파고든다고 하는 것이로구나.

"자, 말해봐. 사랑합니다."

끈덕지게 재촉하자 마지못해 에르윈은 입을 열었다.

"……사, 사랑합……니다……."

결사적인 마음으로 입에 담았는데, 지크프리트는 용납하지 않았다.

"안 돼, 안 돼. 좀 더 요염하게."

"……네……? 네엣……?"

"사랑해요, 지크프리트. 저는 이미 당신의 포로예요. 어서."

더군다나 몸짓마저 만들어 실제로 해보이자, 에르윈은 참지 못하고 입을 다물었다.

마, 말할 수 없어……. 그런 소리, 도저히…….

"이런 일을 하면 의미가 있어요?"

반쯤 눈물 어린 눈으로 항의하자, 지크프리트는 생글거리며 말했다.

"물론 있어. 첫날밤을 치르지 않았다는 사실이 알려지면서로 내일 아침은 가시방석일거야. 어째서 안 했는지, 할 수 없었는지 꼬치꼬치 캐묻고, 급기야 다음번에는 좀 더 가까이서 지켜보겠습니다, 같은 말을 하며 방 안까지 감시 역이 들어오게 될지도 몰라."

"엑……."

"어쨌거나 금슬 좋은 척하면 나도 그대도 성가신 꼴은 안 당해도 돼. 그렇지?"

그건 그렇지만, 그건 그럴지도 모르지만…….

"당신…… 터무니없이 속이 시커멓군요."

지크프리트는 어깨를 으쓱이며 고개를 작게 옆으로 흔들었다.

"책략가라고 해줘."

한 마디도 지지 않는다.

'정말 교활한 남자.'

화가 나는 한편 에르윈은 문뜩 떠올랐다.

그러고 보니 아크이라의 왕태자는 상당한 전략가라고, 이전에 오빠가 칭찬하던 말을 들은 적이 있었다. 지략을 이용해 최소한의 손실로 아군을 승리로 이끄는 것이 정말로 뛰어나다고.

확실히 머리도 혀도 잘 돌아가는 모양이지만, 그런 전략을 부리는 것은 전장에서만 해주었으면 했다.

에르윈의 조바심을 개의치 않고, 지크프리트는 노래라도 부르듯이 낭랑하게 목소리를 높였다.

"내 아내여, 그대는 알고 있소? 내가 오늘이 오기를 얼마나 애타게 기다렸는지."

아까보다 제법 목소리가 커진 이유가 문 밖에 있는 사람들에게 들려주기 위함이라는 것은 곧바로 알 수 있었다.

"오늘 밤 나만큼 행복한 남자는 이 세상 어디를 찾아봐도 없으리오. 왜냐하면 그대처럼 사랑스러운 사람을 아내로 맞이할 수 있었으니."

마치 음유시인처럼 과장된 표현.

이렇게 허풍을 떨면 연기라고 들키지 않을까?

에르윈의 기우에 개의치 않고, 지크프리트는 계속 일인극을 이어갔다.

"그대의 그 벌꿀빛 머리카락이, 매끄러운 살결이, 보드라운 온기가 내 마음을 휘젓는구려. 그대가 그곳에 있는 것만으로도 내 고동은 저항할 수 없이 크게 울리오. 그러나 내 마음을 가장 사로잡고 놓아주지 않는 것은 그대의 눈동자요. 그대의 따스한 호박색 눈동자를 보고 있노라면 내 가슴도 훈훈해진다오. 그 눈빛의 밝고 건강함에, 얼어붙어 황폐해진 마음도 치유되지⋯⋯."

침대 위 두 사람 사이에는 사람이 둘은 앉을 수 있을 만큼의 공간이 있었다. 시선도 서로 다른 곳을 향해 있었다.

혹시 지금 문 밖에 있는 시녀들이 이 광경을 본다면 필시 우스꽝스럽게 보이리라.

"귀여운 사람. 사랑스러운 사람. 자, 만지도록 허락해 주오. 그대의 그 머리카락에, 볼에, 입술에 내가 얼마나 그대를 사랑스럽게 여기는지 그대에게 전할 수 있게 해주오."

그래도 흥에 겨웠던 것일까. 지크프리트의 목소리가 점차 열기를 띠었다.

"아아, 정말로 감촉이 좋은 살결이구려⋯⋯. 볼도 어깨도 가슴도 질 좋은 비단보다도 부드럽고 나긋나긋해⋯⋯."

지나친 열연에 듣고 있던 에르윈 쪽도 뒤숭숭해졌다.

이런 소리는 다 거짓말. 감시 역을 맡은 시녀들을 속이기 위한 연기.

그런데도 어쩐지 열기 서린 말로 구애받고 있는 것만 같아서 곤란했다.

저도 모르게 외면했던 시선을 지크프리트에게로 돌리자, 지크프리트 또한 그 물빛 눈동자로 에르윈을 바라보았다.

지크프리트가 속삭였다. 다디달아 녹아버릴 것만 같은 목소리와 눈빛으로.

"줄곧, 줄곧 꿈꾸었어. 그대를 이렇게 내 아내로 맞이하는 날을."

"⋯⋯전하⋯⋯."

"사랑해, 에르윈."

순간 가슴이 콩닥 한번 큰 소리를 냈다. 등줄기로 한기와는 비슷하면서도 다른 떨림이 타고 올라왔다.

뺨이 달아오르고, 체내의 중심이 화끈 달아올랐다⋯⋯.

그대로 잠시 동안 서로 마주보았다.

마치 무언가 마법에 걸린 것 같았다. 홀리기라도 한 듯이 지크프리트의 물빛 눈동자에서 눈을 뗄 수가 없었다.

"아⋯⋯ 저⋯⋯."

갑자기 커다란 손바닥이 뺨을 감쌌다. 지크프리트와의

거리는 분명 벌어져 있었을 터인데, 어느새 곁에 온 것일까?

어안이 벙벙해 있자 닿아온 것은 키스.

입술이 아니라 이마 위로, 살며시, 살며시…….

무엇 때문인지는 모르지만 너무나 가슴이 두근거렸다.

어째서? 친구나 가족과도 나누는 인사 같은 키스인데. 플로리안과 했어도 이렇게 두근거리지는 않았는데.

어째서 고작 이것만으로 가슴속이 꾸욱 저려오는 것일까?

그러나 에르윈은 그렇더라도 지크프리트에게는 하잘것 없는 일이었던 모양이다.

지크프리트는 오히려 냉담하다고 말하고 싶어지는 태도로 에르윈에게서 손을 떼고는, 조금 전까지와는 달리 돌변해 매정한 말투로 '뭐, 이제 됐나'라고 말했다.

"이쯤 해두면 의심받지 않고 끝나겠지. 그다음은…….”

꺼내 든 소형 나이프. 식사할 때 고기와 빵을 자르기 위해 쓰는 것이었다.

지크프리트는 나이프 날을 새끼손가락 끝에 대더니 망설임 없이 그었다.

"앗……."

놀라서 작은 비명을 지른 에르윈의 눈앞에, 지크프리트의 새끼손가락에 생긴 상처에서 배어 나온 피가 진주처럼 동글게 맺혔다.

지크프리트는 그 피가 방울져 떨어질 정도가 되기를 기다리고 나서, 침대 위에 새끼손가락을 문질렀다. 하얀 리넨 위에 붉은 자국이 생겼다. 지크프리트의 새끼손가락에서 흘러나온 핏자국이.

"이걸로 완벽해."

지크프리트는 만족스럽게 고개를 끄덕이고 나서, 놀라서 목소리도 내지 못하고 있는 에르윈에게 시선을 돌렸다.

"인간 여자는 처음 남자와 몸을 섞을 때에 피가 흘러. 즉, 이 자국은 네 순결의 증거."

지크프리트가 하는 말은 이해했지만, 그런 것까지 날조해야만 하는 이유는 몰랐다.

에르윈의 어리둥절함을 읽어낸 듯이 지크프리트는 뒤이어 좀 더 설명했다.

"내일 아침, 밖에서 귀를 세우는 시녀들이 이것도 확인할 거야. 그대가 지금까지 다른 남자와 음란한 행위를 한 적 있는 행실 나쁜 아가씨는 아닌지 어떤지, 이렇게 해서 확인하는 거지."

아무렇지도 않은 듯이 말하는 지크프리트의 모습에 에르윈은 적지 않은 충격을 받았다.

"······일부러 조사하지 않아도 저는 그런 짓 안 해요······."

"그런 모양이네. 그렇지만 사람은 겉만 봐서는 모른다고들 하지."

"너무해요……!"

그런 말투, 너무 심하다.

입술을 깨물고 시선을 떨구는 에르윈을 보며 지크프리트는 어깨를 으쓱였다.

"하긴 그대의 경우는 분명 처녀인 모양이지만 말이야."

"당연하지요."

"그렇지만 몸이 그렇다고 해도 마음은 어떨까? 아무래도 그대의 마음속에는 내가 아닌 다른 남자가 살고 있는 기분이 들어."

"아……."

꿰뚫어봤다. 그 남색 눈동자를 지닌 첫사랑 남자아이에 대해, 지금도 줄곧 계속해서 떠올리고 있다는 사실을 지크프리트는 눈치챈 것이다.

"……저는……."

그렇다고 해도 무어라 말해야 좋을지 모르겠다.

변명도 하지 못한 채 거북한 침묵이 두 사람 사이에 내려앉았다.

잠시 후, 에르윈이 머뭇머뭇 물었다.

"오늘 밤, 저랑 첫날밤 의식을 치르지 않은 이유는 그 때문인가요……?"

시시하다는 듯이 지크프리트가 대답했다.

"말했잖아? 싫다는 여자를 억지로 안는 취미는 없다고 말이야. 왜냐하면 그럴 마음도 없는 여자를 안아서 대체 뭐가 즐겁지? 그런 건 시간 낭비야."

순간 무언가 가슴을 찌르는 느낌이 들었다. 날카롭고 기분 나쁜 아픔을 동반한 것. 그것이 깊고 깊게 파고들어 에르윈의 마음의 벽을 도려냈다.

아무 일도 당하지 않았다는 사실에 안도하는 한편, 심하게 마음에 상처를 입은 듯한 느낌이 들었다.

너는 그만한 가치도 없는 시시한 여자라고 선언당한 것 같아서 왠지 불편하다…….

아무 말도 하지 않는 에르윈을 남겨두고 지크프리트가 밖으로 나갔다.

왕태자와 왕태자비는 따로따로 방을 가지고 있지만 침실은 하나였다. 두 사람의 방 사이에 침실이 만들어져 있었다.

여기에서 자지 않으면 지크프리트는 대체 어디에서 잘 셈일까?

지크프리트를 쫓아내버린 것만 같아서 찜찜했지만, 지금은 그보다 안도하는 마음이 더 강했다. 설령 아무 짓도 하지 않는다고 해도 지크프리트와 같은 침대에서 자다니, 절대로 불가능했다.

지크프리트가 사라지고 홀로 남게 되자 겨우 눈물이 흘러나왔다.

에르윈은 침대 위에서 무릎을 끌어안고 그저 계속해서 눈물을 흘렸다.

다음 날 아침.

해가 뜸과 동시에 시녀들이 조용조용 방으로 들어왔다.

서둘러 침대에서 쫓겨나 시녀들 손에 아침 옷 갈아입기가 시작되었다.

어젯밤에는 한숨도 눈을 붙이지 못했다. 침대 구석에서 그저 멍하니 지크프리트가 남긴 핏자국을 쳐다보고 있는 사이, 길고 길었던 밤은 어느새 밝았다.

시녀들이 하는 대로 내버려 두면서도 신경 쓰여 침대 쪽을 보자, 시녀 몇 명이 침대 위의 리넨을 내려다보며 얼굴을 맞대고 있었다. 그 얼굴에는 한결같이 안도의 빛이 떠올라 있었다. 어쩌면 시녀들에게 어젯밤은 매우 마음이 무거운 하룻밤이었을지도 몰랐다.

이윽고 가장 나이 든 시녀가 천천히 리넨을 벗겨내어 지크프리트가 묻힌 자국이 잘 보이도록 공손히 들고서 방 밖으로 나갔다.

시녀가 커다란 목소리로 선언하는 소리가 들려왔다.

"왕태자비 전하께서는 틀림없이 처녀셨습니다. 이것이 순결의 증거입니다."

에르윈은 한숨을 쉬고 싶은 마음이었다. 아무래도 지크프리트가 한 말은 전부 사실이었던 모양이다.

아무리 에르윈이 세상 물정을 모른다고 해도, 서로 사랑하는 두 사람 사이의 일은 두 사람만의 비밀스러운 일이라 다른 사람이 관여해서는 안 된다는 것쯤은 알고 있었다.

그렇지만 여기에서는 그런 상식은 없었다. 아크이라에서는 왕태자와 왕태자비에게는 두 사람만의 비밀을 만드는 일도 용납되지 않는 모양이었다.

머리카락을 아크이라 식으로 세 갈래로 땋고서 지크프리트가 선물로 주었다는 장밋빛 드레스를 몸에 걸친 뒤 시녀들에게 재촉을 받아 방 밖으로 나가려고 할 때, 그곳에 플로리안이 서 있다는 사실을 깨달았다.

플로리안은 창백한 얼굴을 하고 이쪽을 보았다. 그 어깨는 기분 탓인지 떨고 있는 것 같았다.

"안녕, 플로리안."

말을 걸자 울적한 목소리가 되돌아왔다.

"안녕히 주무셨습니까, 왕태자비 전하."

"혹시 너도 어젯밤 여기에 있었어?"

"아니요."

플로리안이 작게 고개를 좌우로 흔들었다.

"어젯밤은 여기에서 불침번을 설 생각이었습니다만, 그 일은 허락받지 못해서 제 방에 있었습니다."

"그래."

그 대답을 듣고 에르윈은 아주 조금 마음이 놓였다.

결과적으로는 아무 일도 없었다고 해도, 침실에서의 일

을 플로리안이 들었다고 생각하면 견딜 수 없었다.

그대로 지나가려고 하자 갑자기 오른손을 붙잡혔다.

손등이 플로리안의 뺨에 눌렸다. 젖은 감촉에 플로리안이 울고 있다는 사실을 깨닫고 놀랐다.

"에르…… 에르……. 나는 너에게 뭐라고 사과해야 할지 모르겠어……."

플로리안이 신음하는 듯한 목소리를 쥐어짜냈다.

"나는 정치적인 문제는 제대로 이해하고 있어. 우리들의 조국 벤토스가 처한 입장도……. 그렇지만 그렇다고 해서, 그 때문에 네가 희생한다 해도 괜찮을 리가 없는데……."

"……플로리안……."

"미안…… 미안해……. 에르, 나는 너에게 아무것도 해 줄 수 없었어……."

플로리안 역시 잠들 수 없는 밤을 보냈을지도 모른다. 그 증거인 듯 갈색 눈동자는 붉게 충혈되어 있었다.

플로리안이 이렇게나 자신을 걱정해 주었다니, 생각지도 못한 일이었다. 자기 일만으로도 벅차서 주변을 헤아리는 마음 따위는 털끝만큼도 없었다는 점을 반성하면서, 에르윈은 비어 있는 쪽 손으로 플로리안의 갈색 머리카락을 살짝 쓰다듬었다. 어린 시절, 울보였던 소꿉친구를 곧잘 이렇게 위로해 주었었다.

"괜찮아, 플로리안. 전하께서는 심한 일은 아무것도 안 하셨어."

그렇다. 아무것도.

"그렇지만······."

"괜찮아, 플로리안. 너에게는 네 의무가 있잖아? 부디 그것을 다하도록 해."

그렇게 말하며 이번에는 반대로 에르윈이 플로리안의 손을 잡아 양손으로 감쌌다.

"에르······."

자신을 바라보는 플로리안의 갈색 눈동자는 매우 애절했다.

바보로구나. 정말로 울보라니까.

그렇게 말하며 소꿉친구에게 웃음을 날리려고 할 때, 통로 저편에서 발소리가 들려왔다.

깜짝 놀라 시선을 돌리자, 어스름 속에서 은색으로 빛나는 머리카락이 나타났다.

"전하······."

에르윈은 황급히 플로리안의 손을 놓고서 지크프리트를 향해 고개를 숙이며 허리를 굽혔다.

"좋은 아침이야, 왕태자비."

"······좋은 아침입니다······ 왕태자 전하······."

지크프리트의 긴 손이 뻗어와 다짜고짜 끌어안았다.

"어젯밤은 즐거운 밤이었지, 사랑스러운 아내여."

너른 가슴에서 에르윈은 지크프리트의 얼굴을 굳은 표정으로 올려다보며 작은 목소리로 항의했다.

"노…… 놓아주세요, 전하……. 다들 보고 있어요……."

그러나 지크프리트는 에르윈의 바람을 들어주기는커녕 에르윈을 부둥켜안은 팔에 더욱 힘을 싣더니 무척 쾌활하게 외쳤다.

"부끄러워할 게 뭐 있어, 내 아내여? 우리들은 부부니까 열렬하게 서로 사랑하는 게 당연하지 않나."

"……저, 전하……."

"나는 몸 구석구석까지 사랑스러운 그대에게 푹 빠졌어. 그대 역시 어젯밤은 나를 사랑한다고, 그 귀여운 입으로 몇 번이고 몇 번이고 말해주었는데."

'말 안 했어요!!!!!'

아아, 커다란 목소리로 되받아치고 싶다. 그렇지만 그런 짓을 하면 바로 곁에 있는 시녀나 왕태자의 종자들에게 자신들의 부부 관계가 원만하지 못하다고 알려질지도 모른다.

요컨대 이것도 지크프리트의 책략이리라. 남 앞에서 이렇게 사이좋은 체를 하면, 분명 주변에서는 오해해서 안심할 것이 틀림없다.

그 점은 이해할 수 있었지만, 지크프리트가 묘하게 즐거워 보이는 것이 거슬렸다.

아마도 지크프리트는 모두를 속이는 일을 즐기고 있는 것이리라.

'정말로 속이 시꺼멓다니까…….'

분해서 발을 밟아주려고 생각했더니 갑자기 몸을 떼어놓았다. 아무래도 감이 날카로운 모양이었다.

'역시 화가 나.'

가슴속에서 분노를 불태우고 있노라니, 지크프리트는 곁에서 대기하고 있던 플로리안에게 흘깃 의미심장한 시선을 건네었다.

"이런, 레니스 후작. 자네도 있었군."

혼인에 의해 왕태자비에게 하사된 장원 중에서, 플로리안은 레니스라는 땅을 받고 그에 따라 레니스 후작이 되었다. 레니스는 크지는 않아도 온난하고 좋은 땅이라고 했다.

플로리안이 더욱 고개를 조아렸다.

"왕태자비 전하를 지키는 일이 제 의무이기 때문입니다. 왕태자비 전하를 위해서라면 이 목숨도 던질 생각입니다."

그 말에 지크프리트는 옅게 웃었다. 그러나 그 물빛 눈동자는 웃지 않았다. 오히려 얼어붙은 호수처럼 차가운 빛을 내뿜고 있었다.

"기사로서 훌륭한 마음가짐, 수고스럽구나."

"예."

"그렇지만 왕태자비에게 그런 친밀한 태도를 취하는 건 어떻게 받아들여야 하나?"

"그건……."

에르윈은 플로리안을 대신해 변명하려고 했다. 그렇지만 차갑고 위압적인 시선을 보내자 저도 모르게 입을 다물어버렸다.

"레니스 후작, 자네는 왕태자비와는 소꿉친구인 모양이더군."

"……예…… 그렇습니다……."

"지금까지 왕태자비와 친하게 지내주어서 고맙네. 그러나 왕태자비는 이미 내 아내가 되었으니 앞으로는 정도에 맞게 왕태자비를 접하도록."

"전하……!"

에르윈은 지크프리트에게 항의하려고 했지만, 그보다 먼저 지크프리트에게 팔을 잡혔다. 그대로 에르윈의 허리를 끌어안더니 다짜고짜 플로리안에게 등을 돌리고 걷도록 재촉했다.

하릴없이 시크프리트를 따르면서도 에르윈은 주변에는 들리지 않도록 목소리를 죽여 지크프리트를 비난했다.

"너무해요. 그런 말을 하다니……."

그러나 지크프리트는 기죽지 않았다.

"그런가? 신혼인 남편이 아내와 친한 남자를 대하는 태도로는 타당하지 않나 생각하는데."

그렇다면 그것도 연기? 신혼인 남편을 가장하기 위해서 플로리안에게 그런 심한 말을 했나?

"플로리안은 소꿉친구예요. 제 소중한 사람을 당신 좋을 대로 이용하지 말아요."

말대꾸하자 곧바로 대답이 돌아왔다.

"소꿉친구란 말이지. 그렇지만 정말로 그럴까? 적어도 그쪽은 그렇게 생각하지 않는 모양이야."

그 목소리가 너무도 차가워서 에르윈은 저도 모르게 입을 다물었다.

"그대는 내 말에 따르며 내 아내답게 있으면 돼."

올려다본 지크프리트의 옆모습에서는 그가 무엇을 생각하고 있는지 조금도 엿볼 수 없었다.

2장

에르윈의 아침은 일출과 동시에 시작된다.

태양이 뜸과 동시에 방 앞에서 울리는 종소리로 다짜고
짜 흔들어 깨워진 뒤, 다섯 명이 달려들어 잠옷을 벗기고
머리를 빗긴다.

다음은 드레스 차례인데, 오늘 입을 옷을 에르윈이 고를
수는 없었다. 띠 하나, 리본 하나에 이르기까지 시녀들의
손으로 골랐다.

마치 꾸며지는 인형 같다고 에르윈은 생각했다.

옷을 입혀주는 사이에는 꼼짝도 할 수 없는 부분까지 인
형과 똑같다.

그리고 몸단장이 끝나면 미사를 드리기 위해 성당으로

향한다.

미사는 길다. 어쨌거나 길다. 오전의 반은 이 미사를 위해 소비한다.

덤으로 아크이라의 왕실에서는 오랜 관습을 아직까지 엄격하게 지키고 있는 모양이라 아침 식사는 먹지 않는다. 미사 도중에 배가 너무 고파서 기분이 나빠진 적도 한두 번이 아니었다.

미사에는 국왕과 왕태자인 지크프리트도 출석하지만, 그들은 미사가 끝나면 이래저래 바쁜 듯 곧바로 어디론가 가버린다.

국왕과 왕태자처럼 제후를 접견하거나 기사들을 훈련하거나 할 필요가 없는 에르윈은, 때때로 에르윈 자신이 소유한 장원에서 오는 보고서를 대강 훑어볼 뿐, 달리 할 일이 없다.

혼자서 식사를 하고, 그다음은 방 안에서 멍하니 지내는 매일이었다.

가끔은 제후를 초대해 응접실에서 연회를 여는 때도 있지만, 그런 때에도 아무도 에르윈에게는 말을 걸어오지 않는다. 매번 있는 것만으로도 견딜 수 없는 마음이 심해진다.

그럴 때면 왕비님이 살아 계셨다면 좋으련만 하고 생각한다.

아크이라의 왕비는 이미 귀적에 오른 사람이었다. 지크

프리트의 모친은 지크프리트가 어릴 적 돌아가셨다. 그 이래, 국왕은 새로운 비를 들이지 않았다.

왕비님이 계셨다면 이런저런 이야기를 나누거나 상담할 수 있었을 텐데. 아크이라의 왕태자비로서 해야 할 일을 배울 수도 있었을 텐데.

그렇게 바라는 한편, '아니야. 반대로 괴롭힐 가능성도 있어' 하고 생각한다. 가령 왕비님이 그런 삐뚤어진 일을 하지 않는 심성 고운 분이라고 하더라도 자신은 적국의 딸. 귀여워해 주리라는 보장은 없었다.

'결국 새장 속의 새라는 말이구나……'

그렇지만 그것도 어쩔 수 없는 일. 자신은 아크이라와 벤토스 사이의 동맹을 위해 온 인질이다. 아크이라에서 나를 사랑해 주는 사람은 없다…….

"아앗, 안 돼!"

갑자기 에르윈이 소리를 질렀기에 시녀들이 놀라서 이쪽을 보았다.

암담한 일만 생각하고 마는 자신을 질타하려고 저도 모르게 소리를 내버린 모양이었다.

부끄러움에 잠시 얼굴을 붉히면서 에르윈은 일어섰다.

그래, 이렇게 혼자서 방 안에만 틀어박혀 있으니까 나쁜 생각만 드는 거야.

다행히 오늘은 구름 한 점 없는 푸른 하늘. 바람도 온화했다. 상쾌한 바깥 공기를 쐬며 기분 전환을 하고 싶었다.

잠시 생각한 뒤, 에르윈은 시녀들에게 말했다.

"수도원에 가보고 싶은데, 어떨까요?"

특별한 목적은 없었지만, 잠시 산책이라도 하고 싶다고 말하면 좋은 표정을 짓지 않을지도 모른다. 그렇지만 수도원이라면 가서는 안 된다고 하지는 않을 터.

게다가 혼례를 맞이해 지크프리트가 선물했던 아름다운 베일, 그것은 수도원에서 만들어진 물건인 모양이었다. 매우 아름다운 자수였다. 될 수 있으면 다른 것도 보고 싶었다.

그런 이유로…….

의도대로 에르윈은 방을 나서서 수도원으로 향했다.

수도원까지는 걸어서 십 분도 걸리지 않을 정도의 거리였다. 벤토스에서라면 마음먹으면 곧바로 달려서라도 갈 수 있는 거리이지만 여기에서는 그럴 수 없었다.

일단 외출용 옷으로 갈아입었다. 수행원은 시녀 다섯 명과 호위 기사가 세 명. 나란히 걷자 어지간한 행렬 같아서 지나친 그 규모에 현기증이 났다.

게다가 바로 뒤를 따르는 플로리안이 신경 쓰였다.

혼례 다음 날 아침 이래, 플로리안은 호위로서의 의무는 게을리 하지 않고 수행했지만, 에르윈과 눈을 맞추려 들지 않았다. 이전처럼 손을 잡아주는 일도 없었다.

그 태도에 속이 타서 한번 '플로리안'이라고 불렀을 때는, '레니스 후작이라고 불러주십시오, 왕태자비 전하' 하고 쌀쌀맞은 대답을 듣고 말았다.

아마도 지크프리트에게 엄한 말을 들었던 일을 신경 쓰고 있는 것이리라. 본인이 납득하지 않았다는 사실은 플로리안의 갈색 눈동자에 떠오른 어딘가 우울한 빛을 보고 금방 깨달았지만, 그렇다고 해서 에르윈에게는 어찌할 도리가 없었다.

그래도 오랜만에 나온 실외는 밝고 기분 좋아서 가라앉았던 에르윈의 마음을 아주 조금 들뜨게 해주었다.

저도 모르게 심호흡했을 때, 문득 누군가의 시선을 느끼고 에르윈은 뒤돌아보았다.

길 저편에서 이쪽을 보고 있는 사람은 온몸이 검정 일색인 남자였다. 가죽 장갑, 가죽 장화, 검은 망토의 후드를 푹 눌러쓰고 커다란 검을 등에 메고 있었다.

에르윈 이외에는 아무도 남자를 눈치채지 못했다. 아마도 그 남자는 그 정도로 열렬히 에르윈 단 한 사람을 바라보고 있었던 것이리라.

시선이 부딪친 순간, 남자는 오른손을 들어 망토의 후드를 뒤로 넘겼다.

드러난 것은 생각했던 것보다 훨씬 젊은 남자의 얼굴. 지크프리트와 그리 차이가 나지 않는 연령으로 보였다.

남자의 눈매가 히쭉 웃음으로 파였다. 그런 표정을 짓자 조금 험악해보이던 눈빛이 곧바로 어린아이 같아졌다.

"아……."

저도 모르게 에르윈은 작게 소리 질렀다.

"왜 그러십니까, 왕태자비 전하?"

플로리안이 뒤돌아보았다.

'이상한 남자가 있어.'

그렇게 말하며 에르윈은 남자 쪽을 가리키려고 했지만, 정신 차렸을 때는 이미 남자의 모습은 사라진 뒤였다.

에르윈은 작게 고개를 저으며 대답했다.

"미안해…… 아무것도 아니야. 단순한 착각이었어."

플로리안은 일순 의아한 표정을 지었지만, 에르윈이 걷기 시작하자 자신도 에르윈의 뒤를 따랐다.

아무 일도 없었다는 듯이 다시 수도원으로 향하면서 에르윈은 방금 본 이상한 남자를 떠올렸다.

강한 빛을 내뿜는 눈동자는 검은색이었다. 어깨를 덮을 만큼 긴 머리카락도 검은색. 그렇다. 처음 좋아하게 된 그 남색 눈동자를 지닌 남자아이와 같은 칠흑…….

에르윈이 좋아했던 그 남자아이도 아마 지크프리트나 조금 전에 본 검정 일색의 남자와 비슷한 또래일 터. 그렇다면 지금쯤은, 이를테면 조금 전 남자처럼 자랐을까?

그리 상상해 본 에르윈은, 그러고 보니 자신이 그 남자아이가 어떤 어른으로 성장했을지 이제껏 그다지 생각해 본 적이 없다는 사실을 깨달았다.

에르윈에게는 어린 시절 만났던 그 아이가 전부였다. 어른이 된 그가 어떻게 되었든지 관계없다고 생각해 왔는데,

어째서 지금 갑자기 그런 생각을 떠올린 것일까? 어쩌면 첫사랑인 그 아이와 같은 칠흑의 머리카락이 에르윈의 마음속 무언가를 건드려서 그런 상상을 불러일으킨 것일까.

스스로도 살짝 석연치 않은 마음으로 에르윈은 수도원의 문을 빠져나갔다.

에르윈의 갑작스러운 방문에 처음에는 놀랐던 수녀들은 에르윈의 방문 목적을 듣자 두 손 들고 환영해 주었다.

"이것은 컷워크라고 합니다."

에르윈의 할머니뻘의 수녀는 온화하게 미소 지으며 가르쳐 주었다.

얇은 천 끝에 꽃이나 물결무늬 같은 아름다운 모양을 오려내어 그 주변을 광택 있는 가느다란 실로 풀어지지 않도록 꿰맨 것인데, 그 오려낸 구멍에서 아래에 입고 있는 드레스의 색이 비치는 것이 또한 이루 말할 수 없이 아름다웠다.

에르윈도 양갓집 자녀의 소양으로써 어린 시절부터 아버지와 오빠의 망토를 자수로 꾸미거나 성벽을 장식하는 태피스트리를 만드는 데 손을 거들기는 했지만, 이와 같은 디자인의 세공은 보는 것은 처음이었다.

눈을 빛내는 에르윈을 보며 수녀는 자랑스럽게 말했다.

"혼례 때 왕태자님께서 왕태자비님께 선물로 드린 것도 이 수도원의 수녀들이 마음을 담아 만들었습니다."

"예. 그렇다고 들었습니다."

"왕태자 전하께서는 당신의 아내가 되실 분이 기뻐하게 끔 지금까지 없었을 만큼 아름다운 물건을 만들어달라고 하시고는, 저희들이 작업하고 있는 동안에도 몇 번이고 상 태를 보러 오셨습니다."

그 사람이? 내가 기뻐하게끔?

"……그래요……."

"왕태자님께서는 왕태자비님께서 아크이라에 오시는 것 을 학수고대하시어 어쩔 줄 모르시는 모습이었습니다. 그 모습을 뵐 때마다 저희들도 힘내야겠다며 기합을 넣었지 요."

일순 두근거릴 것만 같던 가슴은 곧바로 다시 식어갔다.

'아니야. 그렇지 않아. 속으면 안 돼.'

왜냐하면 왕태자 전하는 다른 사람 마음을 속이는 일이 능숙한 데다 그것을 즐긴다. 수녀들 앞에서 신부가 도착하 기를 학수고대하는 모습을 보였던 것도 분명 연기임이 틀 림없다.

에르윈은 다른 사람은 모르도록 작게 한숨 쉬고는, 지크 프리트의 의기양양한 얼굴을 뇌리에서 몰아내며 작업을 하 고 있는 여성들 쪽으로 시선을 돌렸다.

여성들이 있는 곳은 수도원 중앙 정원에 인접한 복도였 다.

이곳에는 아무 것도 가로막히지 않은 햇살이 가득 들 어와서 매우 밝아 바느질하기에는 딱 좋았다.

중앙 정원에는 로즈마리와 세이지, 히솝, 멜리사 등의 허브가 한창이었다.

때때로 바람이 실어다주는 상쾌한 향기에 감싸이면서 여성들은 말없이 바늘을 움직였다.

여성들의 반절은 염색을 하지 않은 소박한 회색의 검소한 옷을 걸친 수녀와 수습 수녀였고, 나머지는 화려한 색의 드레스를 걸친 소녀들.

보아하니 소녀들은 에르윈과 또래인 모양이었다. 아마도 수도원에 신부 수업을 하러 온 양갓집 자녀들이리라.

부드러운 리넨에 자수를 놓는 그녀들의 손놀림은 매끄럽기도 하고, 조금 어색하기도 해 사람마다 제각각이었지만 다들 태도는 한결같았다.

에르윈이 무척이나 신경 쓰고 있는데도 아무도 에르윈 쪽을 보려고 하지 않았다. 마치 에르윈의 모습을 본 순간 돌이 되어버리기라도 한다는 듯이, 완고하게 에르윈을 피해 손 주변으로만 시선을 향했다.

'나는 옛날이야기에 나오는 마물이 아니야.'

생각하니 서글퍼졌다. 아무리 인질이라고 해도 이런 식으로 무시하지 않아도 좋을 텐데…….

그때…….

여러 개의 발소리가 다가오는 것이 들려왔다. 가볍고 힘찬, 아마도 남성의 발소리. 무심코 뒤돌아본 순간, 힘찬 팔에 끌어 안겼다.

"꺅?! 뭐, 뭐야?!"

저도 모르게 소리를 지르자, 즐거운 목소리가 머리 위에서 내려왔다.

"놀랄 필요 없어. 나야."

귀에 울리는 달콤한 목소리. 조금씩 귀에 익어가는 이 목소리는…….

"와, 왕태자 전하……?!"

"그대가 수도원으로 왔다고 해서 얼굴을 보러 왔지."

"……하, 하아……."

"내 아내는 오늘도 더할 나위 없이 아름답고 사랑스럽군. 내가 그대 같은 아내를 얻은 것을 신께 감사드리지 않은 날이 없어."

싱긋.

조금 질린 마음으로 에르윈은 지크프리트를 올려다보았다.

지크프리트가 이런 못된 장난을 치는 것은 늘 있는 일이었다.

본인은 자신들이 형식뿐인 부부라고 의심받지 않게끔 모두가 보는 앞에서는 한층 더 사이좋게 보여야 한다는 둥 적당한 말로 우겨대지만, 사실은 재미있어하고 있다는 것은 바로 곁에서 에르윈을 내려다보는 물빛 눈동자가 웃음을 터뜨리고 싶은 것을 참고 있는 모습만 보아도 명백했다.

'바보 같아.'

에르윈은 마음속으로 투덜거렸다.

터무니없는 촌극이야.

혼례 날 이후, 지크프리트는 매일 침실에는 온다.

혼례 날 했던 말대로 에르윈에게는 손가락 하나 대려 하지 않고, 방에 있는 동안은 별다른 대화도 없었다. 그렇게 에르윈에게 있어서는 숨 막혀서 견딜 수 없는 시간을 잠시 보낸 뒤, 아무 말 없이 불쑥 어딘가로 가버린다. 매일 밤 지크프리트가 어디에서 자는지 에르윈은 몰랐고, 알고 싶지도 않았다.

물론 사이가 나쁜 모습을 모두의 앞에서 드러내는 것은 불리하다는 것쯤은 에르윈 또한 알았다. 그렇지만 그렇다고 해서 이런 짓까지 할 필요가 있을까?

초조한 마음을 억눌러 감추며 부자연스럽게 보이지 않을 정도의 힘으로 지크프리트를 밀어내려고 했지만, 오히려 더 강한 힘에 의해 안겨 버렸다. 그뿐만 아니라 거리낌 없이 몸 여기저기를 어루만지고, 귀를 깨물고, 목덜미에 입맞춤했다.

아무도 지크프리트를 말리지 않았다. 어안이 벙벙해서 지크프리트의 폭거를 지켜볼 뿐…….

'적당히 좀 하라고!!'

이런 건 참을 수 없었다.

'더 이상 무리!!'

자신과 지크프리트 사이가 원만하지 않다고 모두에게 알

려져도 상관없다고 생각했다. 이런 시시한 짓을 계속해서 무슨 의미가 있을까?

그러나 에르윈이 지크프리트를 밀쳐내려고 하기에 앞서, 날카로운 목소리가 지크프리트와 에르윈 사이를 비집고 들어왔다.

"왕태자 전하, 장난이 지나치십니다."

지크프리트가 천천히 에르윈의 몸을 떼어놓고, 목소리의 주인 쪽으로 시선을 돌렸다.

"레니스 후작, 자네인가……."

플로리안은 두 사람으로부터 조금 떨어진 곳에서 한쪽 무릎을 꿇은 채 지크프리트를 향해 깊이 고개를 조아리며 말했다.

"외람되오나, 왕태자 전하, 왕태자비 전하께서 곤란해하십니다."

"호오?"

"비전하는 매우 조신하신 분이라서, 그와 같은 행동은 침실 안에서만 해주시는 편이 좋으실 듯합니다."

지크프리트는 에르윈을 끌어안은 채 플로리안에게 미소를 보냈다.

"레니스 후작, 그건 어린 시절부터 왕태자비와 함께 지내온'이로서 하는 말인가?"

플로리안은 대답하지 않았다.

두 사람 사이에 긴장감이 뒤덮이는 것을 에르윈은 그저

전전긍긍하며 지켜보았다.

어찌 된 영문인지 지크프리트는 플로리안을 마음에 들어하지 않는 모양이었다. 역시 벤토스에서 온 기사라서 믿을수 없다고 여기는 것일까.

플로리안도 플로리안이었다. 에르윈을 감싸주는 행동은 고맙지만, 그런 도발적인 말투는 쓰지 않아도 되었을 터인데.

'이래서야 오히려 감정이 상할 뿐이잖아.'

에르윈은 불안함이 깊어졌지만, 지크프리트는 어깨를 으쓱하면서도 에르윈의 몸을 놓아주었다.

"이거 참, 레니스 후작은 직무에 충실하군."

"……그러네요……."

"그대가 정말로 소중한 모양이야."

"네?"

속삭인 말은 너무나 희미해서 잘 들리지 않았다. 그렇지만 지크프리트는 에르윈이 되묻기보다 먼저 아름다운 얼굴에 만면의 미소를 띠고는 돌변해 밝은 목소리로 크게 말했다.

"그럼 나는 슬슬 퇴장하도록 하지, 왕태자비여. 그대는 조금 더 느긋하게 있도록 해."

"네……? 아…… 네……. 그러도록 하겠습니다."

에르윈이 그렇게 대답하고 머리를 숙인 뒤 다시 고개를 들었을 때, 지크프리트는 이미 에르윈에게 등을 보이고 있었다.

에르윈은 저도 모르게 한숨을 쉬었다.

뭐라고 해야 할까. 정말로 제멋대로인 사람.

'마치 계곡을 가로지르는 바람 같아.'

눈 깜짝할 사이에 빠져나가서 어디론가 가버려 에르윈의 작은 손으로 붙잡을 수 없을 것만 같았다.

다시 한 번 한숨을 쉬고서 문득 정신을 차렸을 때, 갑자기 시선이 느껴졌다.

머뭇머뭇 뒤돌아보자 자수에 힘쓰던 소녀들이 손을 멈추고 이쪽을 뚫어져라 보고 있었다.

에르윈은 굳은 입가에 간신히 미소를 만들고 소녀들에게 말을 걸었다.

"저기…… 여러분, 소란을 피워서……."

죄송합니다.

에르윈이 말을 마치기도 전에 소녀들 중 한 사람이 열기 어린 목소리를 높였다.

"아앗. 저, 더 이상 참을 수 없어요."

"어……?"

"왕태자비님, 왕태자님은 어떤 분이세요? 왕태자님과는 항상 어떤 이야기를 나누세요?"

"하……?"

에르윈이 아무 대답도 하지 못하고 가만히 있자, 이번에는 다른 소녀가 큰 소리를 냈다.

"약았어, 클라리사. 나도 왕태자비님에게 이것저것 여쭤고 싶었는데 참고 있었다고."

"어머, 저도 그래요!"

클라리사라고 불린 소녀가 큰 소리를 내자마자, 둑이 무너진 듯 소녀들이 제각각 에르윈에게 말을 걸어왔다.

"벤토스는 어떤 곳인가요?"

"왕태자비님도 자수를 놓으시나요?"

"그 밖에 다른 특기는 있으신가요?"

"그 허리띠, 정말로 멋진데 스스로 자수 놓으셨나요?"

질문의 폭풍과 호기심으로 가득한 시선을 받자 에르윈은 쩔쩔맸다.

'이게 어찌 된 일이지?'

조금 전까지 다들 나를 무시하고 있었는데, 대체 무슨 일이 일어난 것일까?

"자, 여러분, 조용히."

노수녀가 짝짝 손바닥을 두드리며 목소리를 크게 높였다.

"무슨 일인가요. 경망스럽습니다. 왕태자비님이 곤란해하십니다. 자, 다들 자리에 앉으세요."

타이르는 말에 소녀들이 황급히 자리로 돌아가자, 노수녀는 부드러운 눈을 에르윈에게 향했다.

"죄송합니다, 왕태자비님. 용서해 주세요. 왕태자비님이 오신다고 해서 다들 아이들처럼 들뜬 나머지……."

"아니요……. 그런 건……."

"왕태자비님께서만 좋으시다면 이 아이들과 잠시 이야기를 나눠주세요."

"네……? 제가 말인가요……?"

"예. 다들 왕태자비님에 대해 알고 싶어서 어쩔 줄 몰라 해요. 왕태자비님이 어떤 분이신지 흥미진진한 거죠."

"아……."

에르윈은 노수녀의 말에 따라 얌전히 자리에 돌아가서도 기대에 찬 눈으로 자신을 지켜보고 있는 소녀들에게 시선을 돌렸다.

'뭐야. 무시하는 게 아니었구나.'

말을 걸지 않았던 것도, 에르윈 쪽을 보려 하지 않았던 것도 전부 참고 있었기 때문이었구나.

문득 너무 긴장하고 있던 자신이 우스워졌다.

이국에서 온 인질이라며 마음을 닫고 있었던 것은 오히려 자신 쪽인지도 몰랐다. 적어도 여기에 있는 사람들은 자신이 왕태자비가 된 것을 불만으로 여기지는 않는 것처럼 보였다.

"……저는 에르윈……."

에르윈은 살짝 입술을 열고 말을 자아냈다.

"부디 다들 에르윈이라고 불러주세요."

소녀들의 얼굴에 잔물결처럼 미소가 퍼졌다. 그것만으로도 마음이 따스해지고 용기가 샘솟아서 에르윈은 다시 소녀들의 질문에 답해갔다.

"다들 아시다시피 저는 벤토스에서 왔어요. 벤토스는 국토의 절반 이상이 고지인데 아크이라보다도 조금…… 아니 꽤 시골이긴 하지만 풍경은 아름답고, 바람은 기분 좋고, 사람들은 온화한 굉장히 좋은 나라예요."

소중한 고향에 대해 이야기하자 자연스럽게 입가가 헤벌쭉 벌어졌다. 국왕인 아버지, 그 비인 어머니, 왕태자인 오빠, 그리도 두 언니. 모두의 얼굴이 뇌리를 스쳤다.

"벤토스에서도 여자들은 자수를 놓아요. 물론 저도. 이 허리띠도 스스로 자수를 놓았어요. 그렇지만 이곳의 컷워크 같은 것은 아니에요. 이건 처음 보는 기법입니다. 정말로 훌륭해요."

에르윈의 말에 노수녀가 빙긋 미소 지었다. 에르윈도 마찬가지로 미소를 되돌려 주었다.

"또, 벤토스에서는 여자도 말을 탑니다. 벤토스는 예전부터 명마의 산지예요."

"그럼 왕태자비님도 말을 타시나요?"

아까 맨 처음 목소리를 높였던 클라리사라는 소녀였다. 밝고 겁 없는 성격인 모양이었다.

"그래요."

에르윈이 대답했다.

"벤토스에서는 그게 당연했으니까 아크이라의 여성들은 말을 타지 않는다는 소리를 듣고 놀랐어요."

"어머……."

"그다음은…… 그렇군요. 왕태자 전하에 대해서였나요."

왕태자 지크프리트. 그에 대해서 대체 무어라 말하면 좋을까? 자신은 남편인 지크프리트에 대해서 거의라고 해도 좋을 정도로 모르는데.

생각하고 생각해서 에르윈은 말을 골라냈다.

"왕태자 전하에 대해서는 저보다 여러분들 쪽이 잘 아시지 않겠어요. 제가 왕태자 전하에 대해 아는 건 아직 한 달 분도 되지 않는걸요."

"그래도 왕태자 전하와는 그렇게나 금슬이 좋으시잖아요."

클라리사가 얼굴을 붉히며 말했다.

"아까도 그렇게나 뜨겁게 포옹을 하셔서, 왕태자님께서 왕태자비님을 얼마나 사랑하시는지 잘 알았어요."

'아니야. 그건 연기라고.'

그 사람은 나 따위는 전혀 사랑하지 않는다. 나는 형식뿐인 아내. 결코, 결코 사랑받는 것이 아니다…….

'그렇지만' 하고 에르윈은 생각했다.

그렇지만 그게 어쨌다는 거야? 나 역시 지크프리트를 사랑하는 것이 아니다. 지크프리트와 결혼한 이유는 나라와 나라 사이의 결정이었기에. 그렇게 할 수밖에 없었으니까. 처음부터 정략결혼이라고 알고 있었다. 그런데 어째서 지금 가슴속 깊은 곳이 콕콕 쑤시는 걸까?

에르윈은 불현듯이 솟아오르는 정체 모를 감정을 삼킨 다음 미소를 만들었다.

"왕태자 전하와 항상 무슨 말을 하는지에 대해서는……."

소녀들의 눈이 빛났다. 호기심으로 가득 찬 시선이 에르윈을 에워쌌다. 에르윈은 답했다.

"그건 비밀이에요."

"에엣."

소녀들의 입술에서 실망의 목소리가 흘러나왔다.

"그렇지만 부부 사이의 일인걸요. 그건 다른 사람에게는 말할 수 없는 것이에요."

"어머, 그런 말씀을 하시다니 역시 금슬이 좋으시군요."

클라리사가 더욱 붉어진 뺨에 양손을 대며 말했다.

이것도 지크프리트 탓이라고, 에르윈은 생각했다. 지크프리트의 아내가 되고 나서는 거짓만 늘어간다. 이렇게 다른 사람을 속이는 것을 배워가는 자신이 서글퍼서 견딜 수 없었다.

그래도 오랜만에 또래 소녀들과 이야기를 나눌 수 있어서 마음은 조금 가벼워졌다.

자신은 무시당한 것도, 공포의 대상이 된 것도 아니었다. 이렇게 에르윈이라는 존재에 흥미를 품어준 사람이 여기 아크이라에도 있는 것이었다.

"혹시…… 저기, 혹시 말인데……."

그 마음이 에르윈의 등을 떠밀었다.

"혹시 왕태자 전하께서 허락하시면 말인데, 그러시면 저도 여기에 자수를 배우러 와도 될까요?"

눈 딱 감고 묻자, 노수녀는 눈가에 새겨진 깊은 주름을 더욱 깊게 하며 고개를 끄덕였다.

"물론이에요, 왕태자비 전하. 대환영입니다."

"정말인가요?"

"예. 이곳은 모든 분께 열려 있습니다. 언제든지 찾아오세요."

"······고마워요······."

에르윈도 살짝 미소를 되돌려 주었다.

*　　　*　　　*

아마 지크프리트도 안 된다고는 하지 않으리라고 생각했다.

다른 나라에서 시집온 왕태자비가 수도원에서 아크이라의 풍습에 대하여 배우는 것은 결코 부자연스러운 일은 아닐 터였다.

그래도 입 밖에 내기에는 조금 용기가 필요했는데, 때때로 수도원에 가서 자수를 배우고 싶다고 말했을 때, 돌아온 대답은 너무나 간단했다.

"그런 건 내게 상담하지 말고 뜻대로 하면 돼."

바라던 대답일 터인데 어째서인지 마음은 식었다.

'그런가. 이 사람은 그만큼 나에게 관심이 없어.'

자신의 아내가 무엇을 하든지 신경 쓰지 않는다면, 그 밖의 이유는 떠올릴 수 없었다.

그렇지만 그것도 별수 없는 일. 지크프리트는 자신을 사랑하지 않는다. 자신 또한 지크프리트를 사랑하지 않는다. 정략결혼이란 이런 것. 인질의 몸으로 이만큼의 자유를 허락받을 수 있으니 오히려 감사히 여겨야 한다.

스스로 타이르는 한편, 마음속을 허망하게 스쳐 지나가는 감정이 있다는 사실을 에르윈도 인정할 수밖에 수 없었다.

될 수 있으면 이런 결혼, 하고 싶지 않았다. 진심으로 사랑한 사람과 맺어지고 싶었다.

기억 속에서 남색 눈동자가 되살아난다.

어린아이의 실없는 약속이었는지도 모른다. 그렇지만 나는 기다리고 있었는데, 그가 데리러 올 날을 꿈꾸고 있었는데.

어째서 오지 않은 거야……?

"에르윈…… 에르윈……."

갑자기 팔꿈치를 찔렸다.

"왜 그래? 손이 멈추었어."

퍼뜩 정신을 차리자 옆에서 클라리사가 웃고 있었다.

"뭐야? 멍해져서는. 왕태자님이라도 생각했어?"

"아니야."

대꾸하고서 에르윈은 손에 쥔 바늘로 의식을 되돌렸다.

"그런 거 아니야. 잠시 눈이 피곤해졌을 뿐이야."

"정말일까?"

"정말이야."

분명 생각하고 있던 것은 지크프리트에 대한 일이지만, 그것이 어떤 종류의 것인지는 클라리사의 상상과는 제법 다르리라.

생각하면서 에르윈은 다시 바늘을 움직이기 시작했다.

얇은 리넨 가장자리에는 가련한 꽃이 딱 세 송이 떠올라 있었다.

혼례 때의 베일은 비단이었지만 역시나 비단은 고가라서 아크이라에서도 보통은 리넨을 쓰는 일이 많은 모양이었다.

이 자수가 완성되면 벤토스에 있는 어머니에게 선물할 셈이었나. 고지에 자리한 벤토스는 한여름에도 아침저녁은 두터운 상의가 필요할 만큼 싸늘해서, 이와 같이 얇은 천은 하루 중 아주 잠시 동안 햇빛 가리개로 쓸 정도이지만, 그래도 예쁘게 만들어지면 분명 어머니는 기뻐해주리라.

즐거움은 이뿐만이 아니었다.

여기에는 에르윈과 또래 소녀들이 있다. 처음에는 조심

스럽던 그녀들도 금세 '왕태자비님'이 아닌 '에르윈'이라고 불러주게 되었다. 지금은 완전히 친해져서 가볍게 말을 걸어주기도 했다.

아주 조금 시녀들의 눈이 신경 쓰였지만, 그녀들은 아무 말도 하지 않았다. 그저 조금 떨어진 곳에서 에르윈이 언제 용건을 말해도 좋도록 대기하고 있을 뿐이었다.

플로리안을 필두로 하는 호위 세 명에게는 수도원 앞 정원에서 대기하도록 했다. 남성 앞에서는 역시 여자끼리의 수다를 즐길 수 없으니까.

여기에 있을 때만큼은 지크프리트의 아내가 되기 이전의 자신으로 돌아간 것 같아서 조금 마음이 편했다.

적어도 아무 할 일 없이 시녀들의 감시를 받으며 홀로 방에 틀어박혀 있기보다는.

'훨씬 나아……'

잠시 다들 묵묵히 손을 놀렸다. 그러던 와중 불쑥 클라리사가 입을 열었다.

"그러고 보니 에르윈도 말을 탄다고 했지."

이럴 때 제일 먼저 말을 꺼내는 사람은 대부분 수다스러운 클라리사였다. 수녀들로부터도 '숙녀답지 않다'고 자주 혼나는 모양이지만, 그녀의 이런 쾌활함에 에르윈은 구원받는다.

"그러네. 타. 벤토스에서 애마도 데려왔어."

대답하자 거듭 물었다.

"역시 애마는 백마야?"

"어머, 잘 아네."

정말이지 조금 놀랐다. 벤토스에서 데려온 '아르붐(은)'은, 예전에 정말 좋아했던 닉스의 새끼로 어미에게 물려받은 흰털이었다. 아크이라에서는 여자가 말에 타는 것은 '경박하다'고 여기고 있는 모양이라서, 지크프리트의 아내가 되고 나서는 아르붐에 한 번도 오르지 않고 마구간에 매어둔 채 내버려 두고 있었다.

"아앗, 역시나."

클라리사가 흥분한 듯이 소리를 질렀다.

"역시나 백마로구나. 멋지다."

"저기…… 무슨 소리야……?"

"그치만 벤토스에서 백마와 처녀라고 하면 뻔하잖아."

클라리사의 말투는 '어째서 몰라?'라고 묻고 있는 듯했지만, 에르윈에게는 전혀 감도 안 잡혔다.

클라리사가 말했다.

"아름다운 에반젤린이야. 알고 있겠지. 아름다운 에반젤린에 대해서."

"에반젤린? 혹시 에어하르트 2세의 조모님이신, 아크이라와 벤토스 사이 동맹의 초석이 되었다는 분 말이야?"

"아니야."

그렇게 말하는 클라리사.

"분명 그 에반젤린이지만, 그런 지루한 정치 이야기 말고 사랑 이야기."

"사랑……?"

"정말로 몰라?"

"응."

"어머나, 정말 안타깝다. 정말로 멋진 이야기인데!"

클라리사는 한바탕 탄식한 뒤 아름다운 에반젤린의 사랑 이야기를 들려주었다.

요약하자면 이렇다.

오래전 에어하르트 왕의 치세에 이자크 사령관이라는 사람이 있었다.

훗날 영민들에게 명군으로 칭송받는 이자크이지만, 당시는 벤토스 국경에 있는 영지를 물려받아 갓 변경의 사령관이 된 젊은이였다.

일단은 올바르게 알기. 그것이 영지를 다스리기 위해서 가장 중요한 일이라고 아버지로부터 엄격히 가르침 받은 그는, 매일매일 자신의 영지를 말로 둘러보는 것을 일과로 삼고 있었는데, 어느 날은 숲 속에서 길을 잃고 말았다.

정신이 들고 보니 함께 온 이의 모습도 보이지 않았다. 눈앞은 강. 하류에서는 큰 강이 되는 물살도 아직은 작은 개천에 지나지 않아, 이 개천을 넘는다면 그곳은 벤토스였다. 혹시 국경 경계를 서는 벤토스 병사들과 만나기라도 하면 의심받는다 해도 변명의 여지가 없었다.

그때 갑자기 긴장감을 높이고 있는 이자크 앞에 순백으로 빛나는 백마가 나타났다.

백마에 탄 사람은 황갈색 머리의 처녀.

이자크는 개천을 사이에 두고도 확연히 알 수 있었을 정도인 처녀의 아름다움을 보고 한눈에 사랑에 빠져 버렸지만, 처녀는 이름을 가르쳐 주기는커녕 이자크가 그녀에게 자신의 이름을 대는 것도 허락하지 않았다.

어쩔 줄 모르던 이자크는 처녀에게 제안했다.

"저는 백 일 동안 하루도 빠짐없이 이 장소를 다녀가겠습니다. 그리고 백 일이 지난 새벽에는 당신께 이 이름을 대도록 허락해 주십시오."

처녀는 대답했다.

"그렇지만 저는 언제나 이곳을 망보지는 않으니 당신이 정말로 오는지 안 오는지 몰라요."

이자크는 방울이 굴러가듯 아름다운 처녀의 목소리에 한층 더 혼을 빼앗기는 것을 느끼며, 이어서 맹세를 했다.

"그럼 제가 여기에 왔다는 증거로 이 냇가에 하루 한 그루씩 사과 묘목을 심겠소. 그것을 제 맹세로 삼지요."

그 말대로 그 이후 그 국경의 개천가에는 사과나무가 한 그루씩 늘어갔다.

이자크는 비 오는 날에도, 바람 부는 날에도 하루도 빠짐없이 다녀가 처녀에게 한 맹세를 계속해서 지켰다. 그 날 이후, 처녀는 단 한 번도 이자크 앞에 모습을 드러내지 않았지만 그래도 그는 믿고 있었다. 약속의 그날, 처녀에게 자신의 이름을 고할 그 순간만을 꿈꾸었다.

그러나 앞으로 사흘이면 마음이 이루어지려 하던 그날. 이자크는 갑자기 병으로 쓰러지고 말았다.

고열로 악몽에 시달리면서도 몽롱한 의식으로 떠올린 것은 그 아름다운 백마의 처녀.

이대로라면 처녀와의 약속을 지킬 수 없다. 처녀에게 자신의 이름을 댈 수도 없게 된다.

이자크는 주변의 눈을 피해 일어나서는 말에 올라 국경으로 향했다. 병마에 시달리는 몸으로는 말에 걸터앉는 것조차 여의치 않았다. 그러나 몇 번을 떨어져도 이자크는 포기하지 않았다. 목숨을 걸었다. 그만큼 처녀를 향한 마음은 격렬했다.

그렇지만 운명은 이자크 편을 들어주지 않았다.

이자크가 간절한 마음으로 국경의 개천에 다다른 순간, 새가 아침의 방문을 알렸다.

힘을 다한 이자크는 그대로 엎어져서 땅을 긁었다.

어찌 이리도 빨리 일어나는 새란 말인가. 오늘 정도는 늦잠을 자주면 좋으련만.

무리한 탓으로 더욱 오른 열 때문에 온몸이 아팠다. 그렇지만 그 이상으로 아픈 곳은 마음이었다.

맹세를 지킬 수 없었다. 처녀에게 이름을 댈 유일한 기회를 잃었다. 아니, 처녀는 사실 성가시다고 생각했을지도 모른다. 지금까지 계속 심은 아흔일곱 그루의 사과나무 또한 단 한 번도 보지 않았을지도 모르지 않나.

애당초 자신이 억지로 밀어붙인 약속이었다. 백 일째 되는 날, 처녀가 정말로 자신의 이름을 들어줄지 어떨지도 몰랐고, 모든 것이 자신의 방자한 믿음일 뿐이었을지도 모른다.

그러나 어찌 되었든 이 사랑은 이제 결실을 맺을 수 없다.

이제 죽어버리고 싶다고 생각했다.

때마침 의식이 점점 아득해졌다. 그토록 아팠던 몸도 더 이상 아무런 느낌이 없었다.

이자크는 자신이 이제 죽는다고 생각했다. 처녀를 향한 마음에 가슴이 찢어지면서 이 세상을 떠나는 것이다.

그때…… 갑자기 어디선가 물이 튀기는 소리가 들려왔다. 그런 다음 말발굽이 땅을 차는 소리.

뜬 눈에 비친 모습은 울 것처럼 일그러진 푸른 눈동자.

"이렇게 열이 나는데, 바보 같은 사람이로군요."

처녀는 말했다. 곁에는 히얀 말.

"어째서 여기에 있소?"

이자크가 물었다.

"설마 국경을 넘어온 것이오?"

처녀는 대답했다.

"당신의 상태가 이상하기에 걱정되었어요."

"설마 줄곧 보고 있었소?"

"네, 줄곧. 당신이 아흔일곱 그루의 사과나무를 심는 모습도 전부 그늘에 숨어 살짝 보고 있었어요. 그렇지만 어제는 오지 않기에 신경 쓰여서 이른 아침부터 와보았어요. 그랬더니 당신이 쓰러져 있어서……."

이자크는 '어째서?'라고 묻지 않았다. 처녀가 구십칠 일 동안 이곳을 다녀간 이유 따위는 그녀의 눈빛을 보면 명백했다.

"당신을 체포해야겠소."

이자크는 말했다.

"당신은 허가 없이 국경을 넘었소. 당신은 죄인이오. 당신을 내 성에 데려가겠소. 그리고 당신은 일생 동안 내 곁에서 사는 거요."

처녀는 미소 지으며 답했다.

"좋아요. 가겠어요. 당신과 함께라면 어디든지."

"어때, 어때. 정말로 멋진 이야기지?"

클라리사는 황홀한 표정으로 양손을 볼에 대었다.

"정말로 몰라?"

에르윈은 고개를 내저었다.

"들어본 적 없어."

"어머, 정말로 안타까워!!!"

과장스럽게 탄식하는 클라리사는 내버려 두고, 이번에

는 클라리사와는 반대쪽에 있던 일레네라는 소녀에게 물어보았다.

"유명한 이야기야?"

일레네는 크게 고개를 끄덕였다.

"아크이라의 젊은 아가씨 이야기는 다들 알고 있을 만큼 유명해. 이자크가 심었던 사과 가로수는 지금까지도 남아 있는데, 그 나무 아래에서 사랑을 맹세한 두 사람은 평생 행복하게 산다고들 해."

"그렇구나……."

몰랐다. 벤토스에서는 그런 이야기, 누구 하나 모르고 있으리라. 어쩌면 에반젤린이 이자크 사령관에게 시집간 뒤의 일은 벤토스에는 전해지지 않았던 것일까?

"그러고 보니……."

문득 시집오기 전에 오빠에게서 들은 이야기가 떠올랐다.

"그러고 보니 '아크이라는 새로운 에반젤린을 원한다'고 했는데……."

"꺄아앗. 그거, 정말이야?"

클라리사가 볼을 붉히면 환성을 질렀다.

"그 말은 새로운 로맨스를 원한다는 소리시?"

"그런 건가……."

"그렇다니까."

"게다가 아름다운 에반젤린과 사령관 이자크는 정말로

사이가 좋아서 일곱 자녀를 얻고 일생을 행복하게 살았어. 분명 왕태자님은 그런 부부가 되자고 말씀하신 거야. 아아, 멋지다. 나, 그런 말을 들으면 그 자리에서 기절할지도 몰라."

들뜬 클라리사를 보고 있노라니 점점 영문을 알 수 없어졌다.

오빠에게서 그 말을 들었을 때는 그런 멋진 사람 이야기 따위 전혀 몰랐으니 동맹의 초석이 되는 것을 바란다고만 생각했다. 왕태자 지크프리트와 어떤 부부가 될지 따위는 생각조차 하지 않았고, 하물며 둘이서 행복해지는 일 따위……

그렇지만 클라리사의 말이 옳다고 하면? 지크프리트가 진정 바라는 바는 그런 것이라고 한다면?

'나는 어쩌면 좋을까?'

어떤 식으로 그 사람을 대하면 좋을까……?

"사실 말이야."

그런 에르윈의 당혹스러움 따위는 눈치채지 못한 듯, 클라리사가 말을 이었다.

"사실은 우리들, 왕태자님은 한네로레님과 결혼하실 거라고 생각했어."

"한네로레……님……?"

처음 듣는 이름이었다. 옆에서 일레네가 머뭇거리면서도 가르쳐 주었다.

"말라키아 공의 영애야. 말라키아 공은 국왕님의 사촌 되시는 분이야."

말라키아 공. 그 사람이라면 혼례 연회 때 뵌 적이 있다. 국왕 폐하와도 친했고, 신분이 높은 귀족이라는 것은 옷차림을 보아 금방 깨달았다.

"왕태자님의 어머님께서 일찍 돌아가시기도 해서, 한네로레님의 어머님이 왕태자님의 어머님 대신 왕태자님을 돌봐주셨어. 그래서 왕태자님과 한네로레님은 남매처럼 자라셨지."

"한네로레님은 플라티나 블론드에 보랏빛 눈동자의, 정말 정말 사랑스러우신 분이라서 지크프리트님과 나란히 계시면 두 분이 계신 곳만이 음유시인의 이야기 속 세상이 되어버린 것 같을 만큼 아름다웠어."

일레네와 클라리사의 말에 어떻게 반응해야 할지 몰라 에르윈은 그저 애매하게 고개를 주억였다.

"그렇구나……."

처음 안 사실에 희미하게 가슴이 술렁였다.

지크프리트에게도 그런 여성이 있었던가. 말라키아 공의 영애라면 왕태자비로서 신분도 나무랄 데 없을 터. 그렇다면 어째서 그 사람이 아니라 자신이 지크프리트의 아내가 된 것일까?

"나도 말이야, 처음에는 어째서 한네로레님이 왕태자비 전하가 되지 않았는지 조금 불만이었어."

클라리사가 작게 어깨를 으쓱이며 고백했다.

"그렇지만 지금은 그런 생각 조금도 안 해. 에르윈은 밝고 솔직하고 정말로 좋은 아이인걸. 에르윈이라면 절대로 좋은 왕비님이 될 수 있을 거야."

"클라리사……."

"그래, 나도 그렇게 생각해."

그렇게 말하는 일레네.

"원래대로라면 우리들, 이런 식으로 허물없이 이름을 부르거나 스스럼없이 이야기 나눌 수 있는 입장이 아닌데, 에르윈은 그런 엄격한 법도 따위 간단히 뛰어넘어서 다른 사람의 마음속에 있는 벽도 무너뜨려 버리는 것만 같은, 무언가 신비한 힘이 있다는 느낌이 들어."

"그래. 왕태자님도 에르윈의 그런 점이 마음에 들어서 에르윈을 왕태자비로 맞이하신 건지도 몰라."

"분명 그럴 거야. 그렇지 않으면 에르윈을 그렇게 사랑스러운 눈으로 보실 리 없는걸."

"응. 그건 좀 굉장했어. 보고 있는 쪽이 부끄러워질 정도야."

그렇게 말하며 클라리사와 일레네가 서로 의미심장한 시선을 나누었다.

그녀들의 말에 거짓이 없다는 사실은 알았다. 클라리사도 일레네도 진심으로 그렇게 생각했다.

거짓말을 하는 것은 자신이다. 지크프리트와 둘이서, 이렇게 아크이라 온 나라 사람을 속이고 있었다.

"나에게는 그런 힘 따위 없어."

술렁이는 가슴에 에르윈은 비굴한 말을 골랐다.

"왕태자 전하 역시 마음속으로는 어떤 식으로 생각하고 계실지……."

일레네가 걱정스러운 표정을 지었다.

"미안해. 우리들이 한네로레님에 대한 이야기를 해서 기분이 상했구나."

"아니야……. 나는……."

"괜찮아. 지금 왕태자님께서는 에르윈을 진심으로 사랑하고 계셔."

순간 마음속에서 비명이 흘러나왔다.

'아니야……! 그게 아니라고……!'

나는 사랑받고 있지 않다. 그 사람은 나를 조금도 사랑하지 않는다.

"나……."

저도 모르게 마음속에 담아둔 것을 토해낼 뻔했던 그때…… 갑자기 밖이 소란스러워졌다.

남자의 목소리였다. 그것도 한두 사람이 아니었다. 각각 큰 소리로 외치고 있었다.

"무슨 일……?"

에르윈은 몸을 일으켜 목소리가 들려온 쪽으로 걸어갔다.

수도원 앞 정원에는 플로리안 일행이 대기하고 있을 터. 그들이 역적의 침입 따위를 허용할 리가 없었다.

무엇보다 이곳은 아크이라 왕도이고, 그것도 왕궁에서 가까운 장소였다. 위병이 정기적으로 순회도 하고 있는 데다 애당초 역적 따위도 없을 터.

그렇다면 어째서……?

머뭇머뭇 벽에서 고개를 내민 에르윈의 눈에 날아든 광경은 검의 번뜩임. 뒤이어 날붙이가 서로 부딪치는 거슬리는 소리가 귀를 때렸다.

앞 정원에서는 남자 두 사람이 검을 나누고 있었다.

한쪽은 플로리안이었다. 플로리안이 검을 휘두르는 모습은 몇 번 본 적이 있어서 금방 알아차렸다.

그렇다면 다른 한쪽은…….

"설마……."

저 은발. 저 몸놀림.

설마…… 설마…….

"……왕태자 전하……?!"

에르윈은 저도 모르게 눈을 크게 떴다.

'거짓말……! 어째서 플로리안과 저 사람이……?'

"혹시 싸우기라도 하는 거야?"

저 두 사람, 사이가 좋다고는 결코 말할 수 없었다. 아니, 솔직히 말하면 굉장히 나빴다. 무언가 시시한 일로 언쟁이라도 붙었으면 큰일이었다.

당황해서 항상 지크프리트가 데리고 다니는 종자 한 명에게 묻자, 그는 곤혹스러운 표정으로 가르쳐 주었다.

"안심하십시오, 비 전하. 싸움은 아닙니다."

"그럼 저건 뭐죠?"

"저건…… 그…… 어느 쪽이 강한지 솜씨를 겨루어보자고 이야기가 진행되어……."

"솜씨 겨루기? 누가 말을 꺼냈어요? 전하, 아니면 플로리안?"

"그게 그러니까…… 양쪽 다……?"

"어머."

'뭐야, 결국 싸움이잖아.'

　그래도 자신이 걱정하던 사태는 벌어지지 않은 모양이라 마음이 놓였다.

　예를 들어 플로리안이 지크프리트에게 이를 드러내었다고 한다면, 최악의 결과로 벤토스와 아크이라 사이의, 나라와 나라 간의 문제로 발전할지도 모른다. 온후하고 성실한 플로리안이 그런 경솔한 행동을 했을 리가 없다고 생각하지만, 상대는 저 속이 시커먼 지크프리트였다. 플로리안을 화나게 할 만한 소리를 일부러 해서 도발하는 것쯤은 태연하게 했을 것 같아 무서웠다.

　'왕태자 전하는 대체 플로리안의 어디가 그렇게 마음에 안 드시는 걸까?'

　이상하게 생각하면서 에르윈은 앞 정원에서 검을 나누고

있는 두 남자에게 눈길을 주었다.

다정해 보이는 용모라 오해받기 일쑤이지만, 플로리안의 검 실력은 제법이었다. 어전 시합에서도 항상 그 성실한 단련의 성과인 기본에 충실한 검 솜씨로 상대를 무난하게 쓰러뜨렸다.

'분명 이번에도 플로리안이 승리야.'

그렇게 생각했는데 그것이 자신의 착각이었다는 사실을 에르윈은 금세 깨달았다.

지크프리트가 검을 쥔 모습을 보는 것은 처음이었다. 물론 대규모 군대를 지휘하는 입장이고, 언니가 '무용이 뛰어나다'고 말한 적이 있으니 나름대로 기사다운 일도 하고 있으리라 생각했지만, 그래도…….

'이 사람, 강해…….'

그뿐만이 아니었다. 화려했다. 하늘하늘 플로리안의 검을 춤추듯이 피하고, 가벼운 몸놀림으로 품으로 날아들었다.

어느새 에르윈은 넋을 잃었다. 마치 검무 같은 지크프리트의 검술 솜씨에 어느덧 시선을 빼앗겼다.

키도 덩치도 엇비슷한 정도. 검을 다루는 실력도 거의 호각.

아무도 막는 자는 없었다. 다들 마른침을 삼키며 지켜보고 있었다. 언제 끝날지도 모르는 맞대결은 갑자기 끝을 고했다.

"앗."

플로리안의 손에서 검이 튕겨져 나갔다. 그 틈을 파고들어 지크프리트는 플로리안 위로 올라탔다.

지크프리트가 검을 들어 올렸다. 똑바로 플로리안을 노리며 내려치는 검끝.

"꺄아아아아아아악."

에르윈은 저도 모르게 비명을 질렀지만, 검은 플로리안의 머리를 살짝 비껴나가 귀 바로 옆 언저리를 찔렀다.

지크프리트는 그 아름다운 입가에 웃음을 띠우며 일어섰다. 승리의 미소였다.

당황한 에르윈은 플로리안의 곁으로 뛰어갔다.

"괜찮아, 플로리안? 다친 데는 없어?"

플로리안은 천천히 일어서더니 힘없이 말했다.

"괜찮아, 에르. 걱정하지 마."

"그렇지만……."

"괜찮다니까."

그런 다음, 지크프리트 쪽으로 돌아서서 한쪽 무릎을 꿇고 고개를 조아렸다.

"제 패배이옵니다."

지크프리트가 대답했다.

"아니야, 레니스 후작. 자네도 대단한 실력이로군."

"황공합니다."

"그 실력을 아내를 위해 쓰도록 하게."

"말할 것도 없습니다."

오랜만에 '에르'라고 불러주기는 했지만 플로리안의 말 없는 거절을 느끼고 에르윈은 일어섰다.

어째서인지는 모르지만 괜스레 화가 났다. 오늘에야말로 지크프리트에게 한마디 해주고 싶었다. 아무리 인질과 다름없는 몸이라고는 해도 그 정도의 권리는 있을 터.

에르윈은 지크프리트의 소매를 잡아당겨 주변에 대화가 들리지 않을 정도로 떨어진 장소로 이끈 뒤 낮은 목소리로 캐물었다. 머릿속은 초조함으로 가득했지만, 아직 그 정도의 이성은 남아 있었다.

"전하, 어째서 그렇게 플로리안을 눈엣가시로 여기시죠? 나라와 나라 사이의 결정으로 어쩔 수 없이 아내로 삼아야 했던 제가 마음에 안 드시는 건 알겠지만, 그렇다고 해서 플로리안에게까지 심하게 구실 건 없잖아요?"

"그다지 어쩔 수 없이 아내로 삼은 기억은 없는데 말이야."

"얼버무리지 마세요."

"얼버무릴 생각은 없어. 게다가 레니스 후작 역시 나를 싫어하지 않을까? 때때로 무서운 눈으로 째려볼 때가 있어."

"그건 전하가……!"

저도 모르게 소리를 지를 뻔해서 에르윈은 입술을 깨물었다.

어째서 이렇게 원만하게 풀리지 않는 것일까?

지크프리트와 있으면 무언가 영문 모를 조바심만 심해지는 것 같다.

"저는 전하를 모르겠어요……. 전하께서 무엇을 생각하고 계시는지 전혀……."

지크프리트가 대답했다.

"그대 역시 그 마음속에 있는 것 모두를 내게 털어놓지는 않잖아?"

그리 말하자 약해졌다. 마음속으로는 지금도 그 남색 눈동자를 지닌 소년을 계속 기다리고 있다고, 지크프리트에게는 입이 찢어져도 말할 수 없었다.

침묵이 내려앉았다. 거북한 침묵이었다.

머릿속이 다시 물결쳤다. 흔들리고 흔들려서 폭풍처럼 변했다.

벤토스를 생각하면 지크프리트와 말다툼을 해서는 곤란했다. 될 수 있으면 지크프리트와는 양호한 관계를 유지하고 싶었다. 그렇지만 몸도 마음도 그에게 맡기기에는 무서웠다. 이름뿐인 아내라는 입장이 에르윈의 어깨를 무겁게 짓눌렀다.

견딜 수 없는 마음으로 지크프리트에게 시선을 보냈을 때, 그의 손등에 희미하게 붉은 자국이 번져 있음을 깨달았다.

"어머, 전하. 전하께서도 상처를 입으셨잖아요."

그렇게 말하자 지크프리트는 곤란하다는 듯이 웃었다.

"아뿔싸. 눈치챘구나."

"어째서 숨기려고 하셨어요?"

"그대에게 꼴사나운 모습을 보이고 싶지 않았어. 꼴사나운 모습을 보여 그대에게 미움 받고 싶지 않아."

그리 말하며 그가 미소 짓자, 한순간 가슴이 콩닥 뛰었다.

지금도 선명하게 기억 속에 남아 있는 남색 눈동자와 지크프리트의 물빛 눈동자가 흐릿해지더니 서로 겹쳐졌다.

'이런 건 이상해…….'

그와 지크프리트는 전혀 닮지 않았다. 그런데 지크프리트의 눈동자에서 그의 모습을 보다니…….

망설임을 끊어버리려는 듯 작게 고개를 흔든 에르윈은 보송보송한 벌꿀색 머리카락을 묶었던 리본을 풀었다.

"전하, 농담만 하지 마시고 손을 내밀어보세요."

재촉하자 지크프리트가 얌전히 상처 난 쪽 손을 내밀었다.

에르윈은 그 상처 위에 붕대 대신 리본을 감았다.

"어차피 당신 쪽에서 플로리안이 마음 상할 만한 말을 해서 억지로 플로리안이 검을 쥐게 한 거죠?"

에르윈의 말에 지크프리트가 어깨를 으쓱했다

"……뭐, 부정은 안 하지만."

"플로리안은 강해요. 알고 계셨어요?"

"소문으로는 들었지. 그 소문이 정말인지 아닌지 확인해 보고 싶었어."

"그렇다면 예전 시합에서라도 보시면 될 텐데."

"그렇지만 실제로 겨루어보아야만 아는 것도 있어. 뭐든지 말이야."

지크프리트는 웃으며 에르윈의 손을 잡더니 그 손등에 키스를 했다.

"리본이 더러워졌구나."

"괜찮아요."

"나중에 새것을 보낼게."

그 말만 남겨두고 지크프리트는 등을 돌렸다. 그 장신을 배웅하는 에르윈의 가슴은 어째서인지 크게 뛰었다.

저런 행동은 그저 인사였다. 기사라면 누구나 귀부인의 손에 키스를 한다,

그런데 어째서?

무엇 때문에 이렇게 가슴이 두근거리는 것일까?

마음을 진정시키려고 크게 한숨을 쉰 다음 중앙 정원을 향하는 입구까지 돌아오자, 클라리사와 일레네가 흥미진진한 눈빛으로 이쪽을 보고 있었다. 상황을 보러 온 것이리라.

"어쩐지 굉장했어."

그렇게 말하는 클라리사.

"너무나 박력 있어서 두근두근했어."

에르윈을 쓰게 웃을 수밖에 없었다. 이름뿐이라고는 해도 남편과 소꿉친구가 사실 대립하고 있었다고는 도저히 말할 수 없었다.

"그렇지만 플로리안님 강하시네."

일레네가 황홀한 듯 말했다.

"왕태자님께서 강하시다는 사실은 알고 있었지만, 플로리안님은 저렇게 다정해 보이시는 얼굴을 하고 계셔서 상상도 하지 못했어."

"그렇구나……."

그 말에 건성으로 대답하는 것이 고작이었다.

그렇다. 플로리안은 강했다. 벤토스에서도 다섯 손가락 안에 들 정도의 실력이었다.

그 플로리안을 지크프리트는 이겼다.

일레네 정도는 아니지만, 그 우아한 미모로 봐서는 상상도 가지 않는데.

'왕태자 전하…….'

그 사람, 정말로 강하구나…….

3장

평소와 같은 아침이 시작되었다.

해가 뜸과 동시에 일어나 잠옷을 갈아입고, 머리를 빗고, 시녀들이 골라준 옷을 입고, 미사에 가고, 홀로 식사하고…….

방에 돌아오자 지크프리트가 보내준 선물이 도착해 있었다.

"약속하신 물건인 모양입니다."

"약속……?"

그런 것을 했었나???

고개를 갸웃거리면서도 얇은 리넨에 싸인 그것을 받아 들고 열어보자, 안에서 나온 물건은 머리를 고정하는 리본이었다.

"어머……."

그러고 보니 피로 더러워진 리본 대신을 전해준다든가 어쨌든가 말했던 느낌이 들었다. 에르윈 본인조차 그런 사실을 잊고 있었는데 기억하고 있었다니…….

얼떨떨해하면서도 에르윈은 손끝으로 리본을 쓰다듬어 보았다.

붉은색과 장미색 등의 화려한 배색으로 벤토스의 전통 문양을 수놓은 폭이 넓은 리본. 아마도 벤토스에서 급하게 들여온 것이리라.

거짓말쟁이에 제멋대로이고 거만한 데다 다른 사람 속이기를 즐기는 속이 시커먼 구석이 있는 사람이지만, 한편으로는 이런 배려도 할 수 있는 사람인 모양이었다.

"예쁘다……."

일순 망설임이 생겼다.

'이런 말, 해도 될까?'

그렇지만 결국 선물 받은 리본의 아름다움을 거스르지 못하고 머뭇머뭇 밀했다.

"저기…… 이 리본…… 해봐도 될까요……?"

그 순간 가장 나이 많은 시녀의 눈이 빛난 듯했지만, 곧바로 그녀는 고개를 조아리며 은근히 고했다.

"분부 받들겠습니다."

세 가닥으로 땋은 머리를 풀자 벌꿀색 머리카락이 어깨

를 덮었다. 시녀들의 손을 거절하고 에르윈 스스로 지크프리트에게서 선물 받은 리본을 감았다.

한소리 들으리라고 생각했지만 시녀들은 에르윈이 하는 일에 토를 달지 않았다.

왠지 헛다리를 짚은 기분으로 머리카락을 정돈했다.

오늘은 수도원에 가지 않을 예정이었지만, 대신 클라리사, 일레네와 셋이서 외출할 약속을 했다. 수도원 뒤에는 넓은 정원이 있는 모양이었는데, 그곳을 안내받기로 했던 것이다.

"오늘은 이 모습으로 나가겠어요."

시녀들은 역시나 아무 말도 하지 않았다.

평소처럼 시녀들 다섯 명과 플로리안을 필두로 하는 호위 세 명을 이끌고 방을 나섰다. 중앙 정원을 지나 외부 복도까지 나왔을 때, 우연히 저편에서 걸어오는 지크프리트와 맞닥뜨렸다.

길을 트고 고개를 숙여 맞이하는 에르윈을 곧바로 눈치챈 지크프리트가 잰걸음으로 다가왔다. 에르윈은 평소처럼 억지로 끌어안으리라 생각하고 몸을 굳혔지만, 지크프리트가 만진 것은 다른 부분으로…….

스르륵 목덜미로 손끝이 미끄러졌나 생각할 찰나 커다란 손바닥이 목덜미를 감쌌다. 그리고 그대로 위를 향하게 했다.

저도 모르게 올려다본 곳에는 미소 짓는 물빛 눈동자 한

쌍이 있었다.

"역시 그대에게는 이쪽이 잘 어울려."

"네……?"

"선물은 마음에 들었어?"

"아……."

지크프리트가 머리를 장식한 리본에 대해서 말하고 있다는 사실을 깨닫고, 에르윈은 황급히 감사 인사를 전했다.

"감사합니다. 일부러 들여와 주셔서."

지크프리트의 미소가 깊어졌다.

"그대가 기뻐해 준다면 그 정도는 별거 아니야."

달콤한 시선. 따스한 말.

본래대로라면 이럴 때, 남편의 다정함에 아내의 가슴은 뛰게 되리라. 그러나 에르윈은 자신의 가슴이 오히려 태풍 부는 바다처럼 차갑게 출렁임을 느낄 수밖에 없었다.

이것은 거짓된 말. 남들 눈을 가릴 뿐인 거짓.

자신만은 그 사실을 알았다. 진실에 마음이 얼어붙었다.

아무 말도 하지 않는…… 할 수 없는 에르윈을 내려다보더니 지크프리트는 가늘게 눈을 좁혔다. 에르윈에게도 그 표정은 애절하게 보였지만 그 또한 연기일지도 모른다.

그 이상 리본에 대해서는 언급하지 않고, 지크프리트는 온화한 미소를 띠우며 말했다.

"어딘가로 외출하는 거야? 오늘은 분명 자수를 놓으러 가는 날은 아니었지."

그런 것을 지크프리트가 신경 써주다니 의외였다.

'나 따위에는 조금도 관심이 없다고 생각했는데…….'

조금 놀라면서도 에르윈은 대답했다.

"친구인 클라리사와 일레네가 수도원의 정원을 안내해 주기로 약속했어요."

"그거 괜찮군."

그렇게 말하며 지크프리트가 고개를 끄덕였다.

"지금쯤 그곳에는 허브와 장미가 만발하겠지."

"그래요."

"미안하군. 원래대로라면 내가 그대에게 아크이라 안을 안내해 주어야 할 텐데."

'아아……. 또…….'

지크프리트의 사죄에 다시 가슴이 차갑게 쑤셨다.

그런 거짓말은 싫다. 거짓말하는 사람은 싫다. 왕태자 전하 따위는 정말 싫다.

"이제 가야만 해. 이후에 신병의 열병식이 있어."

지크프리트는 그렇게 말하고는 에르윈의 뺨에 키스를 했다.

"그대는 친구들과 느긋하게 즐기다 와."

가볍게 인사하고 지크프리트를 배웅한 뒤, 에르윈은 지크프리트와 반대 방향으로 걷기 시작했다.

저도 모르게 뺨을 만지고 있었다. 조금 전, 지크프리트가 한 키스의 감촉이 아직 그곳에 남아 있는 느낌이 들어서.

왕태자 지크프리트. 내 남편.

대체 그 사람은 어떤 사람일까? 무슨 생각을 하고 있을까?

나는 알고 싶은 것일까, 알고 싶지 않은 것일까?

나는 어찌하면 좋을까? 어찌하고 싶은가?

이렇게 자신을 알 수 없게 된 것은 태어나서 처음이었다.

설령 그것이 허락되든지 허락되지 않든지, 자신이 느끼는 마음의 방향만은 항상 뚜렷이 보였을 터인데.

떨떠름한 기분으로 수도원으로 향했다. 도중에 문득 누군가가 바라보고 있다는 느낌이 들었다.

주변을 둘러보았지만 그럴 듯한 인영은 없었다.

요즈음 이런 일이 때때로 있다.

그저 착각일까?

'아니, 그렇지 않아.'

누군가가 자신을 보고 있다. 감시하고 있다. 그런 기분이 들었다.

아무런 확증도 없지만 에르윈은 그런 예감이 들었다. 아마도 언젠가 만났던 검정 일색의 남자. 그 남자가 틀림없다.

기억 속에서 그 남자의 검은 눈동자가 되살아났다.

시선은 섬뜩할 정도로 강한데도 눈동자에 깃든 빛은 어린 소년의 것 같았다. 그 눈동자는 에르윈이 보는 것과는 다른 세계를 비추고 있다. 그런 느낌마저 드는 어딘가 신비한 눈동자.

그 남자의 목적은 무엇일까?

지크프리트나 하다못해 플로리안 정도에게는 상담해 두어야 할까?

그렇지만 실제 피해를 입은 것도 아니라 섣불리 소란을 피우기도 망설여지고…….

이것저것 생각하는 사이 목적지에 다다랐다.

수도원 앞에는 클라리사와 일레네가 이미 와서 에르윈을 기다리고 있었다.

"어머! 에르윈! 귀여워."

에르윈의 모습을 본 순간, 클라리사가 환성을 질렀다.

"그 머리 장식, 정말 잘 어울려."

대놓고 칭찬받자 아무래도 조금 기뻐졌다. 수줍어하면서도 에르윈은 대답했다.

"벤토스 전통의 것이야. 왕태자 전하께서 주셨어."

"어머, 어머, 어머."

클라리사가 어깨를 으쓱이며 하늘을 우러렀다.

"왕태자 전하와 왕태자비 전하는 정말 금슬이 좋구나! 이대로라면 아크이라의 미래는 평안해."

"그런 건……."

"어머, 부끄러워할 거 없어. 부부 사이가 원만하다는 건 좋은 일이야."

"……그렇구나……."

'사실은 원만하지 않지만.'

누구에게도 말할 수 없는 본심은 가슴속에. 한숨을 삼키고 있노라니, 일레네가 '후후' 하고 웃었다.

"그렇지만 정말로 잘 어울려. 아크이라 풍으로 세 가닥 땋은 머리도 예쁘지만, 역시 에르윈에게는 벤토스 풍이 잘 어울리는구나."

그 말에 아까 지크프리트가 했던 말이 되살아났다.

"역시 그대에게는 그쪽이 어울려."

어쩐지 이전에도 벤토스 머리 장식 리본을 단 에르윈을 본 적이 있는 듯한 말투였다.

그렇지만 지크프리트와는 혼례를 올린 날이 첫 대면이었을 터. 그렇다면 어디에서 그 모습을 보았을까?

골똘히 생각에 빠져들기 전에 클라리사의 목소리가 에르윈의 의식을 채갔다.

"아아, 좋겠다. 에르윈에게는 그런 멋진 서방님이 있어서."

클라리사는 과장되게 어깨를 으쓱이며 말했다.

"나는 아직 약혼도 하지 않았어. 이대로라면 혼기를 놓칠 거야."

클라리사의 아버지인 네브라 백작은 외동딸을 너무도 귀여워한 나머지 클라리사의 혼처를 너무 따져 아직까지 결정하지 못한 것이었다. 그것을 클라리사는 나날이 탄식했다.

"괜찮아. 언젠가 분명 좋은 인연이 나타날 거야."

일레네가 느긋하게 말하자, 클라리사는 불만이 가득한 입술을 삐죽였다.

"정말, 일레네도 참. 자기 혼례 날짜가 정해졌다고 해서, 뭐야? 그 여유는."

"어머, 일레네, 결혼해?"

에르윈은 놀라서 일레네의 얼굴을 보았다.

"응······."

일레네가 부끄러운 듯이 얼굴을 붉혔다.

"그렇지만 아직 반년 뒤의 일이야."

"상대는? 몇 살이셔?"

"여덟 살 연상이야. 오라버니의 친구라 예전부터 잘 아는 분이셔."

"베일은? 벌써 준비했어?"

"아니, 아직······."

"그럼 내가 자수를 놓을게."

자신의 혼례도 아닌데 에르윈은 마음이 들떴다. 일레네가 행복한 신부가 되기를 기도하면서 한 땀 한 땀 바늘에 마음을 담아 신중하게 자수를 놓는 시간은, 정말로 즐거운 시간이 될 것이 틀림없다.

"나도 도울게."

그렇게 말하는 클라리사.

"그럼 클라리사 땐 내가……."

일레네가 말하고 난 다음 셋이서 웃으며 수도원 뒤편 정원으로 이동했다.

지크프리트가 말한 대로 정원에는 장미가 꽃의 계절을 맞이하고 있었다. 흰색. 장미색. 분홍색. 가련한 꽃들은 고상한 향기를 풍기며 주변을 가득 채웠다.

그 너머에는 수도원에서 약으로 쓰는 로즈마리, 히숍, 멜리사, 세이지, 서양톱풀 등의 허브도 구획마다 심어져 있어서 다채로운 꽃이 바람에 흔들렸다.

"예쁘다아……."

"이 정원은 왕실에서 지원하는 막대한 원조로 만들어졌어."

일레네가 가르쳐 주었다.

"수도원의 지식은 민중에게도 폭넓게 기여하니까, 국왕께서도 매년 거액의 기부를 아끼지 않으시는 모양이야."

이처럼 대규모의 정원은 온난한 아크이라이기에 가능한 것이리라. 고지인 벤토스에서는 추위에 약한 식물을 재배하기가 어렵다.

그만큼 아크이라는 커다란 나라인 것이다. 부도 있다. 힘도 있다. 그리고 다른 나라에 대한 영향력도…….

'이대로 괜찮아……?'

문득 솟아오른 의문이 가슴속에 똑 떨어져서는 순식간에

퍼져 나가 커다란 얼룩이 되었다.

'나, 여기에서 무얼 하는 걸까?'

벤토스와 아크이라를 잇는 인연이 되기 위해서 아니었나? 그러기 위해서 첫사랑인 남색 눈동자의 그 사람을 기다리기를 포기하고 아크이라의 왕태자에게 시집온 것이 아니었나?

사령관 이자크와 아름다운 에반젤린은 평생 금슬 좋게 백년해로했다. 그렇기에 에어하르트 2세도 조모의 모국인 벤토스에 경의를 표해 벤토스에는 칼을 들이밀지 않았다.

벤토스를 위해서 각오를 다지고 왔을 터인데, 이래서야 나, 벤토스를 구할 수 있을까?

"……그러니까 말이야…… 에르윈……."

문득 말을 거는 것을 깨닫고 에르윈은 근심에서 정신을 차렸다.

"그러니까 말이야, 에르윈. 나, 너에게 들어두고 싶어……."

일레네가 부끄러운 듯이 호소했다. 고개를 숙이고는 있지만 그 뺨은 새빨갰다.

"듣다니…… 저기, 뭐를?"

"그러니까……! 그러니까…… 그…… 혼례 다음의 일 말이야……."

"혼례 다음……."

"그날 밤…… 처음으로 서방님과 둘이서만 지내게 되잖

아? 그때…… 그 마음가짐이라든가…… 어땠는지라든가, 그런 걸 가르쳐 주었으면 해서…….”

일레네의 목소리가 점점 작아져갔다. 어안이 벙벙해서 말도 못 꺼내는 에르윈에게 클라리사가 말했다.

“그거, 나도 흥미 있어. 가르쳐 줘, 에르윈. 어땠어?”

“어……?”

“맨 처음에는 아팠어? 그렇지만 몇 번이고 하게 되면 점점 기분이 좋아진다고들 하던데, 그거 정말이야?”

“아…….”

“역시 매일 해? 남자란 매일 하고 싶어 하는 거잖아? 남자에게는 여자의 몸을 자신의 것으로 만들고 싶어 하는 욕망이 있어서, 그것에는 본인도 거스를 수 없다고 하지.”

“우…….”

“매일 그런 일을 하다니, 어쩐지 체력이 바닥날 거라는 기분이 드는데 괜찮아? 그렇지만 하고 싶은 대로 해주지 않으면 남자는 금방 바람피운다고 하고. 그건 결국 여자라면 누구라도 괜찮다는 걸까?”

“우우우…….”

대답할 수 없다. 대답할 수 있을 리 없다.

왜냐하면 에르윈은 아직 처녀였다. 지크프리트는 인사 이외에는 키스조차 하지 않는다. 그러나 클라리사와 일레네는 진지했다.

“어서 가르쳐 줘, 에르윈. 유일한 경험자잖아.”

"그래. 에르윈만이 희망이야. 부탁해."

클라리사는 어쨌거나, 아마도 일레네는 불안하리라. 자신 역시 경험했다. 자기 몸에 무슨 일이 일어날지 제대로 알고서, 제대로 각오를 다지고 싶었었다.

혹시 그때 언니들이 '첫날밤'에 대해 좀 더 자세히 가르쳐 주었다면 지크프리트와의 관계도 지금과는 조금 달랐을지도 모른다. 물론 공포도 몹시 늘어났겠지만.

"있잖아…… 그러니까 말이지…… 그…….."

두 사람의 진지한 눈빛을 거스르지 못하고, 에르윈은 횡설수설 입을 열었다.

"서방님께 맡기면…….."

"그런 말을 듣고 싶은 게 아니야."

클라리사와 일레네가 동시에 말했다.

"그런 애매한 이야기는 듣기 질렸어. 좀 더 구체적이고 실전적인 걸 가르쳐 줘."

'그, 그렇게 말해도…….'

무어라 얼버무릴지 필사적으로 생각하고 있는 에르윈의 시야 한구석을, 문득 낯익은 장신이 스쳐갔다.

'저건…….'

"……왕태자 전하……?"

일순 신병의 열병식이 빨리 끝나서 자신을 만나러 왔나 하고 생각했다. 사전에 지크프리트에게는 수도원에 있는 정원으로 간다고 고해두었고, 지크프리트 스스로도 '자신이 안내해야 마땅한데' 라고 말했었다.

 그러나 그 옆에 몸집이 작은 소녀가 바싹 붙어 있는 모습을 보고, 에르윈은 저도 모르게 몸을 굳혔다.

 '누구……?'

 그 사람은 누구? 열병식은 어찌 되었지? 그건 거짓말이었어?

 에르윈의 말에 이끌려 클라리사와 일레네도 그쪽으로 고개를 돌리더니 '아' 하는 표정이 되었다.

 "저분, 한네로레님이셔."

 '저 사람이 한네로레님?'

 보랏빛 드레스. 보랏빛 눈동자.

 멀리서 보아도 정말로 사랑스러운 용모를 하고 있다는 것을 알 수 있었다. 가느다랗고 호리호리하고 나긋나긋한 몸. 살결은 비칠 듯이 희었다. 지크프리트의 손을 잡고 우아하게 걷는 그 모습은 정말이지 가련하고 덧없어서, 마치 옛날이야기에 나오는 공주님 같았다.

 정말로 아름다운 두 사람. 정말로 어울리는 두 사람.

 '다들 두 사람이 결혼하리라 여긴 것도 당연해.'

 어쩌면 좋을지 몰라 에르윈은 저도 모르게 바로 옆에 있던 덧나무 숲 그늘에 숨었다.

 "어째서 숨는 거야?"

 그렇게 말하면서도 클라리사 역시 덧나무 그늘에 숨었다.

"클라리사도 숨었잖아."

"나만이 아니야. 일레네도 있어."

"그렇지만 두 사람이 숨으니까 나도 무심코……."

옆에서 보면 무척이나 우스꽝스러우리라. 젊은 아가씨 세 사람이, 덧나무 그늘에 숨어 살금살금 주변을 엿보고 있었다.

그래도 몸을 숨길 수밖에 없었다. 지크프리트의 소꿉친구라고 하는 한네로레라는 소녀와 어떤 표정으로 마주하면 좋을지 모르겠다.

아마도 무언가 용건이 있었으리라.

한네로레와 지크프리트는 함께 수도원에 들어가나 싶더니 머지않아 나온 다음 다시 둘이서 바싹 붙어 어디론가 가 버렸다.

"……왠지 친밀해 보였어."

불쑥 말한 클라리사를 일레네가 나무랐다.

"클라리사, 안 돼. 그런 소리를 하면 안 된다고."

"아…… 미안해…… 에르윈. 나……."

"괜찮아."

에르윈은 가만히 고개를 좌우로 흔들었다.

"왜냐하면 두 분은 소꿉친구잖아? 친하게 지내시는 게 당연해."

그렇다. 자신과 플로리안 역시 함께 걷는다면 다른 사람 눈에는 조금 전 한네로레와 지크프리트처럼 보일 터. 그렇다고는 해도 최근에는 지크프리트가 잔소리를 해서, 플로리안과의 사이에 거리가 생겨 버리고 말았지만…….

거기까지 생각한 에르윈은 퍼뜩 생각했다.

설마 지크프리트도 이런 기분이었을까? 자신과 플로리안이 친하게 지내는 모습을 보고 불쾌하게 느꼈던 것일까?

'설마…… 그럴 리 없어…….'

왜냐하면 그 사람은 나 같은 건 아무래도 좋다고 생각할 터.

그렇다면 이런 나는?

소꿉친구라는 한네로레와 지크프리트가 친하게 지낸다는 것만으로, 어째서 이렇게 가슴이 술렁거리지?

"괜찮아."

일레네가 에르윈의 손을 살짝 잡고 말했다.

"왕태자님은 분명 에르윈을 가장 사랑하셔."

"그래. 보는 이쪽이 부끄러워질 만큼 항상 깨가 쏟아지는 주제에 그런 표정을 짓다니. 이상해."

클라리사에게도 위로받자 에르윈은 억지로 웃어 보였다.

"괜찮아. 걱정할 일 아무것도 없어."

"그래?"

"그럼."

주억거려보지만 자신 따위는 조금도 없었다.

"그렇다면 다행이지만……."

곤혹스러움이 얼굴에도 드러난 것일까. 클라리사도 일레네도 그 이상 아무 말도 하지 않았다.

*　　　*　　　*

그날, 지크프리트가 침실에 온 것은 밤이 되고 나서였다.

잠이 오지 않아 침대에서 웅크리고 있던 에르윈이 고개를 들자, 지크프리트는 조금 놀란 듯이 이쪽으로 다가왔다.

"깨어 있었어……? 그렇지 않으면 깨워 버린 건가?"

"……잠들 수 없었어요……."

나지막한 목소리로 정직하게 에르윈은 답했다.

침실 앞에서 시녀들이 불침번을 서는 것은 아무래도 혼례의 밤뿐인 모양이었다. 다음 날부터는 적은 인원만이 옆방에서 당번으로서 대기하고 있을 뿐, 밤에는 다들 집으로 돌아갔다.

침실 앞에서 귀를 세우는 자가 없어서 그만큼 목소리를 줄일 필요는 없었지만, 그래도 너무 큰 소리를 내면 옆방에서 잠시 눈을 붙이고 있을 터인 당번이 깨버릴지도 모른다.

"무슨 일 있었어?"

그렇게 묻는 목소리는 다정해서, 그것이 에르윈의 마음을 오히려 초조하게 만들었다.

"아무 일 없어요."

"그럴 리 없잖아. 아무 일도 없다면 어째서 잠을 못 자는 거야?"

대답을 내놓지 못한 채, 에르윈은 입술을 깨물었다. 묻고 싶은 질문은 잔뜩 있었다.

오늘, 신병의 열병식이 있다고 했던 것은 거짓말이었어요?

제게 거짓말을 하고 한네로레랑 만났어요?

한네로레와는 어떤 관계예요?

한네로레가 있으니까 저를 안지 않는 거예요?

사실은 그 사람을 사랑하나요?

혹시 두 사람이 서로 사랑하고 있다고 하면 저는 어쩌면 좋나요?

그렇지만 아무 말도 할 수 없었고, 간신히 나온 말은……

"항상, 어디에서 쉬시나요?"

지크프리트의 대답이 두려웠다.

한네로레의 거처라고 말하면 어쩌지?

그러나 돌아온 것은 너무나 무뚝뚝한 목소리.

"그걸 그대에게 말할 필요가 있나?"

"……."

"그대 역시 내게 비밀로 하고 있는 것 한두 개는 있을 터. 피차일반이라는 거야."

그 말을 듣자 아무런 대꾸도 할 수 없었다.

분명히 에르윈의 마음속에는 지금도 그 남색 눈동자를 지닌 남자아이가 살고 있었다. 지크프리트의 아내가 되어,

그를 기다리기를 포기한 지금도 에르윈은 그를 잊지 않았다.

　그것은 남편에 대한 배신이라고 해도 어쩔 수 없었다. 마음속에서 다른 남자를 생각할 뿐인 여자를, 지크프리트 또한 사랑할 수 없는 것도 당연하리라.

　입을 다물고 있노라니, 지크프리트가 떵떵거리듯이 말하는 게 들렸다.

　"어쩔 수 없잖아. 분명 싫다는 여자에게 억지로 강요하는 취미는 없지만, 남자의 본능이라는 것은 조금 성가셔서 말이지. 때로는 욕망이 이성을 웃돌 때도 있어. 그대와 같은 침실에서 자서 그 우를 범하고 싶지는 않아."

　그러고 보니 클라리사도 말했다. '남자는 여자의 몸을 자신의 것으로 만들고 싶어 하는 욕망이 있어서, 그것에는 본인도 거스를 수 없다'라고.

　"그 말은 즉, 참고 있다는 뜻?"

　"사실대로 말하면 그래."

　"그렇게 하고 싶은 거예요?"

　여자라면 누구라도 좋을 만큼? 이를테면 그것이 사랑하지도 않는 아내라도?

　"알았어요……."

　에르윈은 작게 중얼거리며 일어섰다.

　"오늘 밤은 전하께 이곳을 양보하겠습니다. 저는 다른 곳에서 잘게요."

붙잡히기 전에 침대에서 뛰어 내려와 자신의 방으로 향한 다음, 외출용 망토를 걸치고 복도로 나왔다.

때마침 오늘 밤은 만월. 본래대로라면 새까맸을 터인 복도에 달빛이 비추어 들어서 에르윈의 앞길을 밝혀주었다.

모두가 잠든 왕궁 안에서 맨발로 걷는 자신의 발소리만이 울려 퍼졌다.

행선지 따위는 어디에도 없었다. 아크이라는 자신이 있을 곳이 아니었다. 돌아가고 싶다. 벤토스로. 그렇지만 돌아가면 아크이라와의 전쟁이 벌어질지도 모른다고 생각하니, 그럴 수도 없었다.

'나…… 어쩌면 좋을까……?'

갈팡질팡하는 마음이 에르윈을 조금이라도 벤토스를 떠올릴 수 있는 곳으로 이끌었다. 마구간이었다. 그곳에는 벤토스에서 데리고 온 애마 아르붐이 있었다.

마구간에는 많은 말들이 늘어서 있었지만, 아르붐은 금방 찾을 수 있었다.

아크이라에 오고 나서는 아르붐을 돌보는 일도 마구간지기에게 맡겨두기만 했는데, 아르붐은 에르윈을 잊지 않고 있어준 모양이었다. 에르윈이 다가가자 한밤중에 억지로 깨웠음에도 불구하고 기쁜 듯이 콧등을 비벼왔다.

에르윈은 근처에 있던 안장을 아르붐의 등 위에 올리고, 아르붐을 마구간에서 빼낸 다음 올라탔다.

모든 것이 충동적인 행동이었다.

아무리 만월의 밤이라고는 해도 밤중에 혼자서 말을 타고 나가다니, 제정신으로 벌일 만한 일은 아니었다.

알고 있었어도 스스로 멈출 수 없었다. 가슴도 머릿속도 태풍처럼 소란스러워서, 무엇 하나 제대로 생각할 수 없다.

"에르윈!"

갑자기 등 뒤에서 자신의 이름을 부르는 목소리가 들려왔다. 지크프리트였다. 에르윈이 방을 빠져나갔다는 사실을 깨닫고 따라온 것이리라.

"오지 말아요!"

그 말만을 남기고 에르윈은 아르붐을 몰았다.

어디로 갈지 정하지 않았다. 아르붐이 가는 곳, 그곳이 에르윈의 행선지였다.

이윽고 마을의 집들이 사라지고 주변이 나무로 뒤덮였다. 저도 모르는 사이 숲 속으로 들어온 모양이었다. 나무 숲 틈새에서 달빛 몇 줄기가 새어 나오는 것을 제외하면 새까맸다. 곧 발밑도 불안해져서 아르붐이 다리를 멈추었다. 어쩔 수 없이 땅으로 내려왔을 때, 문득 다른 말이 다가오는 것을 깨달았다.

뒤돌아본 에르윈의 눈에 달빛을 반사시키며 빛나는 은색의 털이 들어왔다.

역시 지크프리트였다.

당황해서 에르윈은 뛰기 시작했다.

발밑은 어두워서 어디가 길인지도, 애당초 길이 있는지

조차 몰랐다. 발을 헛디디면서도 어떻게든 따라잡히지 않으려고 필사적으로 달렸다.

맨발바닥이 돌이나 나무뿌리를 밟아 아팠다. 숨이 찼다. 가슴이 찢어질 듯이 괴로웠다. 머릿속이 빙글빙글 돌았다.

차라리 이대로 아무것도 모르게 되어버리면 좋을 텐데. 그렇게 되면 이런 식으로 영문 모를 감정에 휘둘리는 일도 없을 텐데…….

"앗……!"

갑자기 무언가에 발이 걸렸다. 다음 순간, 지면에 몸이 부딪쳤다.

움직일 수 없었다. 아무래도 발목을 삔 모양이었다. 그 전에 이미 한계였다. 이 이상 달릴 수 없었다.

거친 숨을 내쉬며 웅크리고 있자, 발소리가 가까워지더니 바로 옆에서 멈추었다.

"부르면 도망치는군. 마치 조련을 싫어하는 망아지 같아."

한숨 섞인 목소리.

"알고 있어? 이 주변은 늑대도 있다고. 밤중에 혼자서 산책하기에 적당하다고는 생각할 수 없는데 말이야."

대답하지 않자 눈앞에 손을 내밀었다.

에르윈은 머뭇머뭇 시선을 들었다. 역광이라 지크프리트의 표정을 잘 모르겠다.

"어서. 이리 와."

"......"

"이 이상 나를 걱정시키지 마."

그대로 억지로 팔을 잡아 끌어당겼다. 이내 몸이 둥실 떴고, 정신을 차렸을 때는 지크프리트에게 안아 올려진 상태였다.

"발을 삐었어?"

에르윈은 지크프리트의 어깨에 얼굴을 묻듯이 작게 끄덕였다.

"아파?"

이번에는 좌우로 흔들었다.

"걸을 수 있겠어?"

그것은…… 모르겠다.

그리 생각하고 있을 때, 지크프리트는 에르윈의 대답을 기다리지 않고 걷기 시작했다.

"분명 근처에 수렵 오두막이 있을 거야. 어쨌거나 그곳으로 가자."

에르윈은 이곳이 어디인지, 왕궁의 서쪽인지 동쪽인지 북쪽인지 남쪽인지조차도 전혀 몰랐지만, 지크프리트는 정확히 파악하고 있는 모양이었다.

얼마만큼 걸었을까. 얼마 지나지 않아 숲이 조금 걷히더니 작은 오두막이 나타났다.

지크프리트는 에르윈을 안은 채 무거운 빗장을 빼고 나무로 만든 문을 열었다. 그런 다음 덧문을 차올리자 달빛이 비추어 들어 새까맣던 실내를 살짝 푸르게 밝혔다.

오두막은 거실과 침실뿐인 간소한 구조였지만 손질은 한 모양이었다. 실내는 깔끔히 정리되어 있었고, 침대 위의 리넨은 청결했다.

지크프리트는 그 침대 위에 에르윈을 내려놓고 잠시 기다리라고 말하고는 방을 나섰는데 돌아올 때는 한쪽 손에 양초, 또 한쪽 손에는 물이 찬 나무통을 들고 있었다.

"근처 농가에 이곳의 관리를 맡겼어."

덧문을 원래대로 돌려놓으며 지크프리트가 말했다.

"물을 얻어왔으니 더러워진 발을 닦도록 해. 나는 말을 데리고 올게."

에르윈은 지크프리트의 모습이 사라지고 나서도 잠시 동안 멍하니 침대 위에 웅크리고 있었지만, 이윽고 생각난 듯이 꾸물꾸물 움직여 더러워진 발을 나무통 속의 물로 닦기 시작했다.

물은 지금 막 우물에서 길어 올렸는지 매우 차가웠다. 하지만 그 차가운 온도가 부은 발에는 기분 좋았다. 들끓기라도 한 것처럼 뜨거워졌던 머리도 점차 식어갔다.

발이 깨끗해지자 에르윈은 나무통을 치우고 다시 침대 위에서 웅크렸다.

이번에는 조금 시간이 걸리는 모양인지 지크프리트는 좀처럼 돌아오지 않았다. 조금 전까지의 푸른 달빛이 아니라 양초가 태우는 따스한 빛이 지금은 희미하게 방을 채우고 있었다.

'나…… 무얼 하는 걸까……?

한번 냉정해지자 자신이 어째서 그 정도까지 초조해했는지 모르게 되었다. 그런 식으로 모든 것이 부서져 버렸으면 좋겠다고 느낀 적은 지금까지 한 번도 없었는데, 그때는 자기 자신을 억누를 수 없었다.

"……바보 같아……."

토라지고, 떼를 쓰고.

이래서야 완전히 어린애야.

한숨을 쉬었을 때 말발굽 소리가 들려왔다. 발소리는 두 마리 분. 기수를 잃은 말들은 그대로 어디론가 가버리지 않고 제대로 얌전히 있었던 모양이었다.

말 두 마리를 오두막 입구에 매어 놓고 나서 지크프리트는 다시 오두막 안으로 들어와 문을 닫고 이번에는 안쪽에서 단단히 빗장을 걸었다.

"오늘 밤은 여기에서 지내자."

지크프리트의 말투는 아무 일도 없었다는 듯이 가볍고 밝았다.

"어쨌거나 그 농가에 누군가를 왕궁까지 심부름 보내도록 부탁해 두었어. 왕태자와 왕태자비가 한꺼번에 행방불명되면 큰 소동이 벌어지니까 말이지."

"……이유는……? 뭐라고 설명했어요……?"

"너무도 달빛이 아름다워서 둘이서 달을 바라보려고 말

을 타고 나갔는데, 왕태자비가 얼떨결에 다리를 삐었다고
말해두었어."

"……거짓말쟁이로군요……."

그렇지만 알고 있다. 사실 그대로 말할 수 있을 리 없었
다.

아주 조금 죄악감이 치밀어 올랐다.

"……미안해요……."

당장에라도 꺼질 듯이 작은 목소리로 사과하자, 지크프
리트가 다가와서 옆에 앉았다.

"미안해요…… 미안해요……. 저, 왜 이리 바보 같은 일
을 저질렀을까요."

"이제 됐어."

"이곳을 관리한다는 농가 사람에게도 폐를 끼치고 말았
어요. 이런 밤중에 깨어나서 틀림없이 놀랐겠죠. 게다가 물
을 뜨고 왕궁으로 심부름까지 시켜서……. 전부 제 탓이에
요."

"괜찮아. 나중에 충분히 사례할 테니까."

"제가 나빠요, 제 탓이에요. 저 스스로도 어째서 그런 일
을 벌였는지 모르겠어요. 저, 어떻게 된 걸까요? 제 자신이
부끄러워요……."

지크프리트의 손이 살짝 등을 감쌌다. 끌어안으며 등을
쓰다듬었다. 그 감촉은 매우 다정하고 그 손바닥은 따뜻해
서 에르윈은 뒤틀린 마음이 조금씩 치유되는 것을 느꼈다.

이런 자신이라도 지크프리트는 따라와 주었다. 왜 이리 바보 같은 짓을 했느냐고 화내지도 않고, 이렇게 곁에서 지켜봐준다.

그의 의무감이 그렇게 하게 만드는지도 모르고, 어쩌면 단순한 변덕일지도 모른다.

그렇다고 해도 지크프리트의 행위에 보답해야 한다고 생각했다. 그것조차도 할 수 없다면 자신은 점점 망가질 뿐이다.

얼어붙었던 무언가가 부드럽게 녹아들듯이 입술이 말을 자아냈다.

"저…… 제 비밀을 당신께 말하겠어요……."

"비밀?"

"네. 전에 당신이 말하신 그대로예요. 저, 사실은 좋아하는 사람이 있었어요."

지크프리트가 미약하게 숨을 삼키는 것이 느껴졌다. 아무리 눈치챘다고 하더라도 명확하게 '그렇다' 고 말을 듣는 것은 역시 기분 좋은 일이 아니리라.

"저, 줄곧 마음속으로는 그와 결혼할 거라고 제멋대로 정해놓았어요. 다른 사람 따위는 생각할 수 없을 만큼 정말로, 정말로 좋아했으니까."

"그건…… 어떤 사람……?"

평소와는 달리 지크프리트의 말투는 조심스럽게 들렸다. 평소에는 이쪽의 기분 따위는 무시하고 제멋대로 하고 싶은 말을 하는 주제에, 어쩐지 지크프리트답지 않아서 그것이 오히려 기분을 진정시켜 주었다.

"어린 시절 만난 사람이에요."

"……소꿉친구 말이야?"

"어떨까요……? 그에 대해서, 어떻게 표현해야 좋을지 모르겠어요. 왜냐하면 저, 그의 이름도 몰라요. 그는 자신의 이름도 가르쳐 주지 않았으니까요."

지크프리트가 입을 다물었다.

지크프리트는 사실 이런 이야기 따위는 듣고 싶지 않을지도 모른다. 그렇지만 말하지 않고는 배길 수 없었다. 아니, 그저 들어주기를 바란 것뿐일지도 모른다. 줄곧, 줄곧 마음속에 담아둔 채 계속해서 품어왔던 무언가가 부화해 이 가슴에서 날아오르듯 말이 흘러넘쳤다.

"벤토스가 명마의 산지라는 사실은 알고 계시겠지만, 왕실의 목장은 산악 지방에 있어요."

"……아크이라와의 국경과 가까운 곳인가?"

"그래요. 그 무렵, 저 혼자서 말을 타도 된다고 허락받은 것이 기뻐서 어쩔 줄 몰랐어요. 그래서 그 목장에 때때로 찾아가서는 마음에 드는 말을 타고 달렸어요. 그런 제게 어느 날 갑자기 말을 걸어온 게 그 아이였어요."

지금도 그때의 일은 선명하게 기억했다. 그런데 아주 조금 그가 멀어진 느낌이 드는 이유는 어째서?

"처음에는 정말 무례한 아이라고 생각했어요. 그래서 절대 말하지 않겠다고 다짐했어요. 그렇지만 어째서일까요? 그가 말을 걸자 자연스럽게 대답하고 말았어요. 그 아이가 남색 눈동자로 바라보자 가슴이 두근거렸어요."

"……그렇군……."

"금방 우리들은 친해졌어요. 제 주변에는 플로리안이라든가, 그 밖에도 같은 또래 아이는 몇 명 있었지만, 그 아이는 그 누구와도 달랐어요. 그 아이의 남색 눈동자는, 설령 같은 것을 보고 있어도 항상 어딘가 다른 곳을 보는 것처럼 아득해서, 그 눈동자가 어쩐지 외로워 보여서, 그래서 신경 쓰였는지도 몰라요."

"……."

"몇 번이고 만나는 사이, 저는 그 아이를 좋아하게 되었어요. 어린아이였지만 그 아이를 사랑하고 있었어요. 줄곧 그 아이와 있고 싶다고 생각했어요. 그렇지만…… 그날, 갑자기 그 아이가 말했어요. 더 이상 만날 수 없다고."

그날 일은 떠올릴 때마다 가슴이 아팠다. 저도 모르게 양손으로 가슴을 누르자, 어깨를 두른 지크프리트의 손에 아주 조금 힘이 들어갔다.

"슬펐어……?"

"네……. 그건 물론……. 그렇지만 그 아이는 약속해 주었어요."

"약속……."

"어른이 되면 데리러 오겠다고, 그러면 결혼하자고."

웃을지도 모른다고 생각했지만 지크프리트의 물빛 눈동자는 진지했다. 이를테면 그날의 그 아이와 같을 만큼.

"그 아이는 약속의 증표로 단검을 주었어요. 대대로 집안에 전해져 내려오는 것인 모양인데, 작지만 보석이 박혀 있었고 세공도 훌륭했어요. 저는 그런 소중한 것은 받을 수 없다고 말했지만 맡겨둘 뿐이라고 그 아이가 말했어요. 결혼할 때 네가 가지고 오면, 그 단검도 다시 우리 집의 물건이 될 거라고."

"분명 그 말대로이지만…… 제법 깜찍한 소리를 하는 꼬맹이로군."

"후후…… 그럴지도요……."

듣고 보니 그는 그 나이에는 걸맞지 않을 정도로 머리도 좋고 말도 잘하는 아이였다는 느낌이 들었다.

'그런 부분은 조금 이 사람과 닮았을지도……'

어쩌면 지크프리트도 어린 시절에는 그와 같은 아이였을지도 모른다.

"그래서?"

그렇게 지크프리트가 물었다.

"그 단검은 어쨌어?"

"그에게 단검을 받았다는 사실은 부모님께도 비밀로 했고, 벤토스에 두고 올 수도 없어서 가지고 왔어요. ……당신에게는 미안하지만……."

"그런 건 상관없지만."

"저는 그 아이에게 줄 게 아무것도 없어서 슬프다고 전했어요. 그랬더니 그 아이는 제 머리 장식 리본이 갖고 싶다고 말했어요. 그래요, 얼마 전 전하께서 주셨던 것 같은, 꼭 그런 리본이에요."

지크프리트의 물빛 눈동자에 옅게 미소가 떠올랐다.

"아아, 그건 그대에게 정말로 잘 어울려서 예뻤지."

선뜻 칭찬하는 말을 하자 조금 부끄러워졌다.

"그렇지만 그때 제가 하고 있던 것은 처음 제가 스스로 만든 것이라, 그게, 사실대로 말하자면 정말로 볼품없었어요. 그렇지만 그 아이가 그게 좋다고 말해서, 저는 머리에서 풀어주었어요."

그다음 맹세의 키스를 나누었다는 사실은, 어쨌거나 지크프리트에게 고할 필요는 없으리라.

"저, 그 아이의 말을 믿고서 줄곧 기다렸어요. 그가 데리러 오기를 계속 기다렸어요. 약혼 이야기도 몇 번이고 나왔지만, 전부 적당한 이유를 대고 거절했어요……."

"그의 신분은 신경 쓰이지 않았어? 적어도 그대는 벤토스 국왕의 공주야. 그에 상응하는 상대가 아니라면 그대를 아내로 맞이하기 힘들겠지."

"그건…… 그럴지도 모르겠네요……."

아크이라에 비하면 벤토스는 훨씬 자유롭다. 신분 차이에도 그다지 까다롭지는 않지만, 역시 귀족 아가씨가 평민 남자에게 시집가기란 간단한 일은 아니었다.

"이건 저의 제멋대로인 상상이지만, 아마도 그 아이는 벤토스가 아닌, 어딘가 다른 나라의 귀족 아이가 아니었을까 생각해요. 벤토스의 귀족 자제 중에 그는 없었어요. 그렇지만 언제나 질 좋은 옷을 입고 있었고, 시중드는 할아범 같은 사람도 그를 '도련님'이라고 불렀고……."

게다가 그 단검. 신분 높은 집안이 아니라면 아이에게 그런 훌륭한 단검을 쥐어주지는 않으리라.

"그래서 저, 언젠가 다 자란 그가 왕궁에 와서 제 아버지께 저를 아내로 맞이하고 싶다고 말해줄 날을 줄곧 꿈꿔왔어요. 그렇지만……."

"……온 사람이 나라서 실망했나?"

그 말을 듣고 에르윈은 작게 고개를 좌우로 흔들었다.

"어쩔 수 없어요. 약속을 지키지 않았던 그가 나빠요. 게다가 제가 그에 대해 아무것도 모르듯이, 그도 역시 저에 대해 아무것도 몰라요. 그 아이가 자신에 대해서는 무엇 하나 가르쳐 주지 않았으니까 저도 이름을 대지 않았어요. 그 아이가 저를 벤토스의 왕녀라고 눈치챘는지 어떤지는 몰라요. 생각해보면 바보였네요. 이래서야 그 역시 어디로 구혼하러 가면 좋을지 모를걸요."

"에르윈."

"그렇지 않으면 그 아이, 사실은 요정이었을까요? 이름이 알려지면 마법이 풀리니까 가르쳐 주지 않았던 걸까요."

'아니, 틀려…….'

자신은 얼버무리고 있다. 가장 진실에 가까울 터인 답을 알고 있으면서도 굳이 그것을 떠올리려 하지 않았다.

분명 더 이상 그는 기억하고 있지 않을 것이다. 어린 시절의 약속 따위는 벌써 잊어버리고, 지금쯤 에르윈이 아닌 다른 예쁜 여자를 아내로 맞이했을지도 모른다. 그 머리 장식 리본 역시 버렸을지도……

'기다리던 사람은 나뿐……'

설령 그것이 사실이라고 해도, 그렇게 인정하기는 너무 서글펐다. 왜냐하면 그 아이를 줄곧 좋아하고 있었으니까. 정말로, 정말로 좋아했으니까.

그렇지만…….

"이상, 제 이야기는 끝이에요."

에르윈은 억지로 웃음을 지어 보이며 지크프리트의 얼굴을 올려다보았다.

"그게 다야?"

그렇게 묻는 지크프리트.

"네. 그게 다예요."

에르윈은 끄덕였다.

"그보다도 전하는 어떠세요?"

"나?"

"실은 제가 아니라 한네로레님과 결혼하고 싶으셨던 게 아닐까 싶어서."

낮에 보았던 지크프리트와 한네로레의 모습이 떠올랐다.

정답게 바싹 붙어 있던 두 사람. 어떤지 굉장히 친밀해 보여서, 두 사람 사이에는 도저히 끼어들 수 없을 것만 같은 분위기가 감돌았다.

"한네로레와 만났어?"

지크프리트가 물었다. 에르윈은 고개를 내저었다.

"보기만 했을 뿐이에요. 가느다랗고 가련해서 정말로 사랑스러운 분이셨어요."

에르윈도 고원의 나라에서 나고 자랐기에 본디 피부색은 하얀 편이었다. 그러나 날마다 비탈을 여기저기 뛰어다니며 말을 달렸던 탓인지 온몸이 건강미 넘치게 그을렸고, 사지도 제법 단련되어 도저히 가느다랗다고는 말하기 어려웠다.

에르윈에 비한다면 한네로레 쪽이 훨씬 공주님이라고 불리기에 어울리는 용모를 지니고 있었다. 그것은 그야말로, 옆에는 절대로 나란히 서고 싶을 않을 만큼.

지크프리트가 웃었다.

"한네로레가 신경 쓰여?"

"그건…… 신경 쓰이지 않는다고 하면 거짓말이에요. 혹시 제가 서로 사랑하는 연인들을 갈라놓은 것이라고 한다면, 저 스스로를 용서할 수 없는걸요."

그렇다. 설령 그것이 아크이라와 벤토스 쌍방의 나라를 위해서였다고 해도.

지크프리트는 잠시 입을 다물다 갑자기 한숨을 내쉬듯이

불쑥 말했다.

"한네로레와 결혼 이야기가 오간 것은 사실이야. 그건 인정하지."

"역시…… 소문은 사실이었군요."

"그렇지만 내가 거절했어."

"어머, 어째서요? 그렇게나 사랑스러우신 분인데. 제가 남자였다면 분명 제가 아니라 한네로레님을 선택했을 거예요."

놀라서 눈을 크게 뜨는 에르윈을 보며 지크프리트는 쓰게 웃었다.

"아무래도 그대는 자신의 매력을 모르는 모양이로군."

"네……?"

"그대는 정말로 귀여워. 그대는 밝고 명랑하고 건강해. 그대의 호박색 눈동자는 따스하지. 그대와 함께 있으면 우울함도 잊게 돼."

지크프리트의 목소리에는 평소 같은 허풍도 없거니와 꾸며낸 티가 나는 달콤함도 없었다. 오히려 무뚝뚝하게 잇는 말에, 어째서인지 가슴이 콩닥 크게 뛰었다.

에르윈의 얼떨떨함을 눈치챘는지, 눈치채지 못했는지, 지크프리트는 담담히 말을 계속했다.

"어쨌거나 한네로레는 여동생 같은 존재야. 귀엽다고는 생각해도 안고 싶다고는 생각하지 않아."

「안고 싶다.」

그것이 귀공자에게는 어울리지 않는 조금 경망스러운 말이라는 사실을, 지금의 에르윈은 몰랐다. 그것이 대체 어떤 행위를 뜻하는지도.

살짝 뺨을 붉히면서 에르윈은 물었다.

"……저는……?"

입 밖에 내기에는 상당한 용기가 필요한 말이었지만, 그래도 간신히 스르륵 입에서 미끄러져 나왔다.

"……그렇다면…… 저는…… 그, 싶다…… 든가, 생각해요……?"

목소리가 꺼져들듯이 작아져서 드문드문 불명료해졌지만, 그래도 그 의미하는 바는 지크프리트에게도 충분히 전해진 모양이었다.

"이런? 안고 싶다고 말하면 안게 해줄 건가?"

지크프리트의 목소리는 너무도 심술궂었다.

작디작게 어깨를 움츠리며 에르윈은 대답했다.

"……전하께서 원하신다면……."

"그대는 아무것도 몰라."

노기 어린 말과 함께 어깨를 끌어안았던 지크프리트의 손이 떨어졌다. 반신을 덮고 있던 지크프리트의 온기가 사라지자 갑자기 한기가 느껴져 에르윈은 작게 몸을 떨었다.

"그렇지 않아요. 저 역시……."

대꾸하려고 하자 지크프리트가 강한 힘으로 어깨를 움켜쥐었다.

"남자에게 안긴다는 것이 어떤 건지도 모르면서."

"그렇지만……."

"지나치게 말하면 정말로 해버릴 거야. 지금 당장 여기에서 그대를 알몸으로 벗기고, 그대 안에 나를 박아 넣어주지. 그대가 아무리 싫다며 울부짖어도 봐주지 않아. 내 욕망으로 그대를 더럽혀 주겠어."

지크프리트의 말투는 거칠어서 그 말을 듣기만 해도 두려움에 온몸이 부들부들 떨릴 지경이었다.

사실은 아직 두려웠다. 자신이 어떻게 되어버릴지 몰라서 불안했다.

그렇지만 지크프리트는 분명 심한 짓은 하지 않으리라. 거짓말쟁이에 속이 시커멓고 사람을 속이는 일 따위 아무렇지도 않게 여기는 사람이지만, 그래도 때때로 보여주는 다정함은 진짜라는 기분이 들었다.

아까 그런 식으로 거친 말을 입에 담아 보인 것 또한, 아마도 에르윈의 마음을 돌리려고 일부러 야만스럽게 행동한 것임에 틀림없다.

그러니까 괜찮다. 나는 괜찮다.

그렇게 타이르며 에르윈은 말했다.

"좋아요……. 그렇게 하세요……."

"에르윈……."

"남자에게는 누구라도 여자를 자신의 것으로 만들고 싶은 욕망이 있다고 들었어요. 아무나 상관없다면 저로 하세요."

지크프리트의 물빛 눈동자가 놀라움에 크게 떠졌다.

"저, 알았어요……. 저만 참으면 벤토스 사람들의 평화는 지켜진다고 생각했지만, 그렇지만 그것만으로는 안 되는 거로군요."

이를테면 벤토스 인인 에반젤린이 지금까지도 아크이라 사람들에게 사랑받으며 그 사랑 이야기가 오래도록 전해져 내려오는 이유는, 에반젤린이 이자크와 결혼해서 아크이라 인이 되고 아크이라 인으로서 힘차게 살았기 때문이리라.

그래서 에어하르트 2세도 조모의 나라를 공격하지 않았다.

혹시 에반젤린이 조국 벤토스만을 그리워해서 매일 울면서 지냈다면, 분명 벤토스와 아크이라의 역사는 전혀 다른 흐름이 되었을 것이 틀림없다.

새삼스럽게 클라리사의 말이 가슴을 찔렀다.

"왕태자 전하와 왕태자비 전하는 정말 금슬이 좋구나! 이대로라면 아크이라의 미래는 평안해."

그 말을 들었을 때는 이토록 무거운 의미가 담긴 말이라고는 생각지 않았다. 클라리사 역시 깊게 생각하지 않은 채 아무렇지도 않게 입에 담았을 것이다.

그렇지만 지금 그 말이 묵직하게 가슴속에 새겨져 가는

것을 느낄 수밖에 없었다.

만약 자신이 벤토스만을 생각하며 아크이라를 되돌아보지 않는다면 클라리사나 일레네도 실망하리라. 하물며 아크이라를 버리고 벤토스로 도망쳐 되돌아간다면, 양국 사이에 어떤 불행이 찾아들지 모른다.

모처럼 친구가 되었는데 그녀들을 슬프게 만들고 싶지 않았다. 그러기 위해서라도 자신은 아크이라에서 아크이라의 왕태자비로서 살아가야만 한다. 그렇지 않으면 자신이 아크이라에 온 의미가 사라져 버린다.

"저, 어린애였어요. 지금까지 자기 일만 생각하고 있었어요."

정략결혼의 희생양이 된 인질과 마찬가지인 불쌍한 공주.

그런 식으로 자신을 가련히 여기고 있었을 뿐, 다른 일은 아무것도 생각하지 않았다.

"그렇지만 이제 알았으니까…… 자신이 정말로 해야 하는 일이 무엇인지 깨달았으니까…… 그러니까 제대로 당신의 아내가 되겠어요."

어깨를 움켜잡았던 지크프리트의 손바닥에서 힘이 빠지더니 이번에는 살짝 뺨을 감쌌다.

"그 비장한 결의는 벤토스를 위해서?"

그럴 터였다. 지금까지는 줄곧 에르윈이 아크이라에서 살아가는 이유는 달리 없다고 생각해왔지만 지금은 조금 다른 느낌이 들었다. 그렇지만 그것은 너무나도 미묘한 변화라서 어떤 식으로 표현해야 좋을지 모른 채 우물거리자 다른 질문을 해왔다.

"첫사랑인 그는 이제 잊을 거야?"

아득한 기억 속에서 남색 눈동자가 이쪽을 보고 있다. 불성실한 에르윈을 책망한다.

"그는 잊을 수 없어요. 지금도 좋아해요."

"그런데도 괜찮아?"

"네. 그렇지만 저는 이미 전하의 아내인걸요. 그러니까…… 전하께서도, 부탁이니 다른 분과는 하지 마세요."

"……어째서?"

잠시 생각하고 나서 에르윈은 떠올린 대로 말했다.

"어쩐지 싫어요……. 아까도 전하께서 한네로레님과 그런 것을 하실지도 모른다고 생각하니 영문을 모르겠어서……."

"헤에……."

지크프리트의 얼굴에 의미심장한 미소가 떠올랐다.

"그건 혹시 질투하는 거야? 나와 그런 사이일지도 모른다고 생각해서 한네로레를 질투했어?"

"네?"

질투?

"아, 아니에요. 그런 게 아니에요. 저는 그저 전하와 한네로레님이 서로 사랑하신다면 저는 그저 방해꾼이니 어쩌면 좋을까 해서……."

"흐응, 그래."

"게, 게다가 전하께서 다른 여자에게 푹 빠진 나머지 저는 필요 없으니 벤토스로 돌려보내기라도 하시면 전 곤란해요. 저는 제 역할을 다하고 싶어요. 그래요. 그뿐이에요."

반쯤 횡설수설하면서 설명하자, 지크프리트는 우스워서 참을 수 없다는 듯이 목소리를 내며 웃음을 터뜨렸다.

"역시 그대는 재미있구나."

"전하, 저는 진지해요!"

"알아, 알고말고. 내 아내여."

더욱 크게 웃자 배겨낼 수 없는 기분이 되었다.

'나…… 그렇게 우스운 말을 한 걸까……?'

고개를 갸웃거리고 있자니 지크프리트는 간신히 웃음을 멈추고 시선을 에르윈에게 향했다.

"한 가지 그대에게 말해두겠는데, 나는 아무나 좋다고 생각하지 않아."

"전하……."

"그대를 아내로 선택한 사람은 나야. 한네로레가 아니라 그대를 말이야."

가슴 깊숙한 곳에서 무언가가 딸깍 튕기는 기분이 들었다.

무얼까? 굉장히 두근거렸다. 예전 그 남색 눈동자의 소년에게서 느꼈던 울렁거리는 느낌과는 다르게, 어딘가 통증과도 닮은 가슴의 욱신거림.

"좋아, 알았어. 그대가 바라는 대로 하지."

지크프리트가 속삭였다.

"그럼 일단 입고 있는 것을 모두 벗어."

"네……? 전부……?"

그 말은 알몸이 되라는 소리?

깜짝 놀라 올려다본 물빛 눈동자에는 더 이상 웃음기는 없었다. 대신 처음 보는 뜨거운 감정이 타오르고 있었다.

"그대의 결의를 보고 싶어. 그대가 진심으로 내 아내가 되고 싶다고 한다면, 그 마음을 행동으로 보여줘."

그 말에서는 평소 지크프리트가 보이던 거짓이나 놀림의 기색은 추호도 느낄 수 없었다. 지크프리트도 진지한 것이다. 에르윈의 마음을 얼버무리지 않고 똑바로 받아들이려고 한다.

그렇다면 자신이 응해야만 한다고 생각했다. 설령 그것이 아무리 부끄러운 요구라 할지라도.

"알았어요……."

에르윈은 그렇게 말하고 일어서 옷을 벗기 시작했다. 삔 발목이 아플 터인데, 어째서인지 지금은 아무런 느낌이 없었다. 일단 외출용 망토, 그다음 잠옷, 그리고 그 아래의 리넨 속옷. 조금씩 살결을 드러내어 갔다.

"머리카락도 풀어."

그의 말대로 세 가닥으로 땋았던 머리카락을 풀었다. 벌꿀색을 띤 보송보송한 머리카락이 가느다란 어깨를 맥없이 덮었다.

"벗었어요."

전부 끝마치고 나서 머뭇머뭇 시선을 들어 올리자, 똑바로 자신을 바라보고 있는 물빛 눈동자와 부딪쳤다. 지크프리트의 시선이 피부 위를 샅샅이 쓰다듬어 갔다. 그 시선을 느낄 때마다 몸 어딘가에서 무언가가 꿈틀거려서…….

"지나치게 바라보지 마세요……."

"어째서? 이렇게나 예쁜데."

"그렇지만…… 부끄러워요……."

사실은 지금 당장 지크프리트 앞에서 도망쳐 버리고 싶었다. 견디기 어려울 만큼의 수치심에 무릎이 부들부들 떨렸다.

"그렇구나. 그대만 부끄럽게 만드는 것은 공평하지 않아."

지크프리트는 그렇게 말하고서 겉옷에 손을 대었다.

"그대는 모든 것을 보여주었어. 그렇다면 나도 그대에게 모든 것을 보여줘야지."

어떤 식으로 지크프리트가 입고 있던 것을 벗어 던졌는지 모른다. 정신이 들었을 때는 에르윈의 눈앞에 아름다운 나신이 있었다.

자신이 아무것도 몸에 걸치지 않은 것도 부끄러웠지만, 마찬가지로 아무것도 몸에 걸치지 않은 지크프리트를 보는 것도 부끄러웠다.

저도 모르게 눈을 피하자, 지크프리트의 목소리가 깜짝 놀랄 만큼 가까이에서 들렸다.

"만져도 돼?"

어느새 지크프리트는 눈앞에 서서, 매우 가까운 곳에서 에르윈을 내려다보고 있었다. 근소한 거리에서 에르윈의 살결에 와 닿는 지크프리트의 체온. 숨결이 머리카락에 닿았다.

'아아, 어쩌지……?'

심장이 부서질 정도의 속도로 고동을 새겨갔다. 몸은 딱딱. 목은 칼칼. 머릿속은 끓어오를 것만 같았다.

"저, 저기…… 저……."

무언가 하고 싶은 말이 있었던 것은 아니었다. 도를 넘은 긴장감이 의미 없는 행동을 취하게 했을 뿐이었다. 그런데도 그다음을 재촉 당하자 어찌할 바를 몰랐다.

"뭐지? 하고 싶은 말이 있으면 해."

알고 있으면서도 그러는 것이라면 질이 나쁘지만, 지금의 에르윈에게는 그것을 가려낼 여유도 없었다.

"그게…… 그러니까…… 저기……."

하고 싶은 말. 무언가 말을 찾아야 한다. 무엇이든 좋으니까 빨리. 빨리. 그 초조함이 뜬금없는 말을 골라냈다.

"그게…… 그, 그러네요……. 그래요, 그래. 혹시 저, 엎드리는 편이 좋을까요? 왜냐하면 그, 말처럼 하는 거죠? 그렇다면 그편이 좋을까 하고……."

말을 끝마치기도 전에 지크프리트가 풋 하고 웃음을 터뜨렸다.

"말처럼이라……. 말처럼 말이지……."

"……틀렸나요……?"

"그것도 나쁘지 않지만, 오늘은 조금 더 인간다운 방식이 좋으려나."

인간다운 방식?

그건 어떤 방식?

묻기도 전에 무릎 뒤와 등 한가운데에 팔을 두르더니 안아 올렸다.

"엇?! 뭐, 뭐예요? 어, 어, 어, 어쩔 셈이에요?!"

"얌전히 있어. 버둥대면 위험해."

"그렇지만……."

"왕태자님께 맡기고 전하가 하시는 대로 하면 된다고 들었잖아?"

싱긋.

그런 소리를 해도 어떻게 하느냐는 기분으로 지크프리트의 팔 안에서 움츠리고 있자, 그대로 침대 위에 살짝 내려놓아졌다.

곧바로 멀어져 간다고 생각했던 지크프리트의 얼굴이 오히려 가까워졌다.

숨결이 입술에 닿을 만큼 가까운 거리에서, 지크프리트

는 지그시 에르윈의 호박색 눈동자를 바라보며 속삭였다.

"나를 그럴 마음이 들게 만든 건 그대야. 그러니까 사양하지 않겠어."

"……전하……."

"남자의 욕망이 어떤 건지, 그대도 알게 해주지."

"아……."

'키스, 하는구나…….'

그렇게 생각했을 때는 이미 입술과 입술이 맞닿아서…….

맨 처음 작은 새가 쪼듯이 닿은 다음 떨어지기를 반복하던 키스가 점차 길어져 갔다. 이윽고 쐐기처럼 맞물려 깊어졌다.

자유를 찾아 입술을 옅게 열자 틈새에서 부드러운 것이 파고 들어왔다. 이런 키스는 여태껏 해본 적이 없었기에 깜짝 놀랐지만, 그래도 혀끝으로 치열을 더듬으며 부드럽게 혀를 빨아들여지는 사이 머릿속이 부드럽게 녹아들었다.

어쩐지 영문을 알 수 없었다. 머릿속이 멍해져서 아무 생각도 할 수 없을 것 같았다.

입술이 떨어졌을 때는 숨도 깔딱거렸다.

리넨 위에 나신을 축 늘어뜨린 에르윈의 위를 덮치듯이 올라탄 지크프리트의 입술이 목덜미로 내려와 귀를 깨물었다. 통증과도 닮은 마비가 찌르르 일어났다.

"……윽……."

태어나서 처음 느끼는 종류의 마비. 에르윈은 저도 모르게 숨을 삼켰지만 그런 에르윈의 당혹스러움 따위는 개의치 않고, 어깨의 둥근 부분을 쓰다듬던 지크프리트의 손바닥이 조금씩 미끄러져 내려갔다. 그리고 쇄골에 다다라 그 아래 부드러운 언덕을 손바닥 가득 감쌌다.

누가 그런 곳을 만지는 것은 처음이었다. 무서웠다. 부끄러웠다. 긴장했다. 가슴이 두근거림을 뛰어넘어 욱신거렸다. 할 수만 있다면 지크프리트를 떠밀고서 도망치고 싶을 만큼.

그렇지만 결심한 사람은 자신이었다. 지금은 들은 대로 지크프리트에게 모든 것을 맡길 수밖에 없었다.

그대로 긴장한 가슴을 부드럽게 주무르며, 그 정점에 있는 연분홍빛 봉오리 같은 돌기를 쓰다듬자 생겨난 것은 미지근한 열. 몸과 다리가 이어진 부근에서부터 몸 가장 깊은 곳을 거쳐 온몸에 찌릿찌릿 스며들어 갔다. 안쪽에서 물어뜯듯이 에르윈의 감각을 서서히 열로 가득 칠하며 침식해 갔다.

'아……. 어쩐지…… 이상해…….'

한기와는 다른 오싹오싹한 느낌. 이런 감각은 모른다. 태어나서 한 번도 겪어본 적이 없었다.

'이런 거, 이상해…….'

그렇지만 어쩌면 좋을지 몰랐다. 에르윈이 할 수 있는 일이라고는 망설이며 어찌할 바를 모르는 것뿐.

떨지도 못할 만큼 굳어있는 살결 위를 지크프리트의 입술이 타고 내려갔다. 목덜미에 다다라 쇄골 위에 가볍게 이를 세우더니 가슴께를 기어…….

살짝 서기 시작한 연분홍 봉오리 같은 정점에 다다랐을 때, 지크프리트는 망설임 없이 그곳에 입술을 댔다.

지끈.

몸속 한가운데를 가로지르는, 무언가 통증 같은 떨림.

"……웃……."

한층 더 딱딱하게 몸을 굳히자, 그대로 혀를 휘감으며 머금고 빨아 올렸다. 남은 한쪽의 가슴에서는 지크프리트의 손가락 끝이 가슴의 정점을 꽃이라도 따는 듯이 집고 있었다. 두 손가락으로 문지르듯이 비비자 또다시 머리 꼭대기까지 욱신욱신 떨림이 전해졌다.

몸 안쪽에서 열이 치밀어 올랐다. 부드럽게 손바닥으로 어루만져진 곳에 일제히 불이라도 붙은 듯 뜨거웠다.

숨을 쉴 수 없었다. 가슴이 아팠다. 몸 안에서 무언가 날뛰어 지금이라도 어딘가로 튀어나갈 것만 같았다.

"싫어……. 더 이상, 싫어요……."

에르윈은 잠꼬대처럼 중얼거리며 몸을 비틀었다.

"역시, 무서워요……. 몸이 뜨거워. 뜨거워요……."

조금 전에 했던 결의도 잊고 저도 모르게 발을 젓자, 등에 둘러졌던 팔이 몸을 잡아끌어 되돌렸다.

"안 돼. 이 정도로 약한 소리를 내면, 이다음은 어쩌려고?"

"그렇지만……."

"나에게 맡긴다고 약속했잖아?"

그렇게 말하자 아무런 대꾸도 할 수 없었다. 반쯤 울고 싶어져 지크프리트를 올려다본 에르윈의 눈꺼풀에 키스를 하며 지크프리트는 진득하게 미소 지었다.

"게다가 몸이 뜨거워지는 이유는 그대가 느끼고 있기 때문이야."

"느껴……?"

"내가 만지는 행위를 그대의 몸이 기뻐하고 있다는 증거."

"……."

"아무것도 걱정할 필요 없어. 이런 식으로 남자에게 사랑받으면 여자의 몸은 보통 그렇게 되지. 그러니까……."

두려워하지 마.

신기했다. 지크프리트의 달콤한 속삭임이 귀에 닿은 순간, 첫 경험에 당장에라도 짓눌릴 것만 같던 마음이 조금 누그러졌다. 공포도, 수치도, 긴장도, 무엇 하나 변함없이 아직 그곳에 남아 있었는데도 그 감각을 웃돌 만큼의 안도감이 에르윈을 고요히 감싸기 시작했다.

후우 하고 크게 한숨을 내쉬자 지크프리트가 미소 지으며 에르윈의 입술에 키스를 퍼부었다.

깊게, 얕게 몇 번이고 반복했다.

그 빈틈을 찌르듯이 천천히 미끄러져 내려가던 지크프리

트의 손끝이 에르윈의 머리카락과 같은 벌꿀색의 숲을 빗으로 빗듯이 쓰다듬어서…….

다른 사람에게 만져져도 좋을 리 없는 곳을 어루만진다는 놀라움이 에르윈의 몸을 조금 떨리게 했지만, 곧바로 지크프리트와의 약속을 떠올리고는 몸에 힘을 뺐다.

괜찮다. 지크프리트에게 맡기면 된다. 언니들은 그렇게 말했다. 지크프리트가 하는 대로 따르면 된다.

에르윈의 생각이 전해진 것인지도 모른다. 지크프리트의 손가락 끝이 은밀하게 숲을 파헤쳐서 에르윈의 몸 안에 이르는 입구를 갈랐다.

"아아……. 젖었구나."

"네……?"

"이거 봐……."

자르르 계곡이 갈라지는 감촉에 지크프리트가 거짓말을 하고 있는 것은 아니라는 사실을 알았다. 지크프리트의 손가락이 갈라진 부분을 살짝 쓰다듬을 때마다 질척거리는 젖은 소리가 났다. 자신의 그런 장소가 어째서 이렇게 되었는지 모른다. 오로지 부끄러움만이 점점 심해졌다.

"싫어……. 어째서……?"

쿡 웃더니 지크프리트가 귓가에서 속삭였다.

"뭐야? 부끄러워?"

"……그렇지만……."

"부끄러워하는 그대는 정말로 사랑스러워. 사랑스럽고

사랑스러워서 더욱더 부끄럽게 만들고 싶어져."

찌걱.

은밀한 소리를 내며 지크프리트의 손가락이 안으로 들어
왔다.

"이미 흠뻑 젖었구나. 안쪽에서 계속 흘러나와."

"싫어……. 싫어…… 그런 소리 하지 말아요……."

"그래? 그렇지만 나는 기뻐. 이건 그대의 몸이 나를 받아
들이고 있다는 거니까."

"……읏……."

"자…… 좀 더 깊게, 좀 더 안쪽까지 나를 받아들여
줘……."

느릿느릿 전진해 온 지크프리트의 손가락이 자신의 몸속
깊숙한 곳까지 침입한 것을 알았다. 그런 곳에는 자신의 손
가락조차 한번 넣어본 적이 없었다. 두려웠지만 아프지는
않았다. 아프기는커녕 손가락을 넣고 뺄 때마다 더욱 몸이
뜨거워져서…….

"아……."

아까 가슴을 만지작거렸을 때와 비슷하지만 어딘가 다른
열기. 훨씬 뜨겁고, 훨씬 절박한 열기에 바작바작 등골이
타고 몸 전체가 속수무책일 만큼 달아올랐다.

"앗……."

저도 모르게 숨결이 거칠어졌다. 때때로 비음 섞인 신음
이 제멋대로 입에서 흘러나왔다.

'나…… 어떻게 되어버린 걸까……?'

자기 몸인데도 자신의 것이 아닌 것만 같았다.

지크프리트의 손가락을 감싼 부분이, 그러려고 생각한 것도 아닌데, 지크프리트의 손가락을 오물오물 조이듯이 꿈틀거렸다. 입구 주변은 움찔움찔 경련하고 있었다.

'이런 거, 내 의지가 아닌데…….'

자신의 몸을 제어할 수 없었다. 지크프리트에게 감각을 빼앗겨 조종당하는 것 같았다.

"아아…… 응……."

한층 더 높은 열이 등을 관통했다, 온몸이 굳어서 부들부들 경련했다. 머릿속은 멍해서 하얗게 안개가 낀 듯했다.

몸이 뜨겁다. 뜨거웠다.

이대로 산산이 부서져 버릴 것 같아…….

힘이 들어가지 않는 양손으로 리넨을 움켜쥐며 가까스로 참고 있노라니, 간신히 지크프리트가 손가락을 빼내었다.

몸 안에서 싹 열이 가셨다. 그렇지만 그것을 어딘가 아쉽다고 느끼는 자신이 존재하는 것은 어째서?

젖은 눈동자로 올려다보자 지크프리트는 다정하게 키스를 해주었다.

"슬슬 해도 될까?"

"……네……?"

"나를 그대 안에 넣어도."

'예'라고도 '아니오'라고도 대답하지 못한 채 곤혹스러워서 지크프리트의 물빛 눈동자를 바라보자, 살짝 손을 잡혀 지크프리트의 하복부로 이끌렸다.

"만져줘……."

재촉하자 머뭇머뭇 손가락을 뻗었다.

"뜨거워요……. 게다가 굉장히 딱딱해요……."

그 부위는 인간의 신체 중 일부라고는 여길 수 없을 만큼 흥분으로 끓어오르고 있었다. 망설이면서도 손바닥으로 감싸자 그 크기가 느껴졌다.

"이렇게나 크군요……."

"말 정도는 아니잖아?"

"이런 게 정말로 들어가요?"

"괜찮아. 내게 맡겨."

지크프리트가 몸을 위에서 덮어왔다. 리넨을 쥐고 있던 에르윈의 양손을 풀어내어 지크프리트의 어깨를 두르도록 얹어놓고는.

그런 다음, 믿을 수 없을 만큼 다리를 크게 벌렸다.

조금 괴로운 데다 덤으로 터무니없을 만큼 부끄러운 자세였지만, 그렇지만 피부와 피부가 직접 맞닿아 생기는 열은 기분 좋았다. 이대로 계속 감싸이고 싶다고 느낄 정도로.

"넣을게."

그렇게 지크프리트가 말했다.

"……네."

에르윈은 작게 끄덕였다.

"처음에는 아플 거야. 이것만은 나도 어떻게 해줄 수 없어. 미안해. 그렇지만 지금, 그대를 원해······."

때로는 얼음처럼 차갑게 보이는 지크프리트의 물빛 눈동자에는 지금 들끓을 정도의 열이 깃들어 있었다.

지끈.

마음 깊숙한 곳에서 무언가가 꿈틀댔다. 몸의 중심이 꾸욱 오그라든 뒤 부드럽게 녹아들더니 달콤한 열이 되어 온몸에 퍼졌다.

"아······."

지크프리트의 가장 단단한 곳이 자신의 가장 여린 부분에 닿아오는 것을 알았다.

서두르지 않고 진중하게, 조금씩 넣고 빼기를 반복하면서 그것이 들어왔다.

아프다. 아프다.

아프기 마련이라고 듣기는 했지만 상상했던 것보다 훨씬 더 아팠다.

마치 날카로운 칼을 몸 안에 찔러 넣은 것만 같았다. 부드러운 점막을 조금씩 깎아내는 듯 쿡쿡 쑤시는 듯한 아픔이 온몸을 꿰뚫고 지나갔다.

"아파?"

조금 걱정스럽게 지크프리트가 물었다.

"······네······."

에르윈은 정직하게 답했다.

"……굉장히, 굉장히 아파요……. 전하께서는 달라요……?"

"미안하지만."

그렇게 말하는 지크프리트.

"나는 정말로 기분이 좋아. 지금 당장에라도 가버릴 정도야."

'가버린다' 라는 것이 어떤 것인지 몰라서 대답하지 않자, 지크프리트는 자조하듯이 중얼거렸다.

"남자라는 존재는 정말로 잔혹한 생물이구나. 그대를 이렇게 괴롭게 만들면서도 그대의 그 첫 아픔조차 내 것으로 만들었다는 사실에, 나는 지금 더할 나위 없는 기쁨을 느껴."

그런 말을 듣자 어쩐지 자신 쪽이 나쁜 짓을 하고 있는 기분이 들었다. 묘한 죄악감에 하지 않아도 될 말을 입에 올렸다.

"그렇지만 아픈 것은 맨 처음뿐이라고, 몇 번이고 하는 사이 점점 기분이 좋아진다고 들었어요."

말한 순간 지크프리트가 조금 놀란 표정을 지어서 불안해졌다.

"저기…… 틀렸나요……?"

그리 물어보자 지크프리트는 작게 웃으며 끄덕였다.

"틀리지 않아. 그 말대로야."

그 대답에 이번에는 다른 감정이 샘솟아 올랐다.

"전하께서는 뭐든지 다 알고 계시는군요. 저는 아무것도 모르는데."

에르윈이 그렇게 말하자, 지크프리트는 일순 말문이 막히는지 조금 곤란한 듯이 쓰게 웃었다.

"그것은…… 그…… 뭐, 뭐라고 할까…… 그대를 이렇게 안을 때를 위해 예행연습을 했으니까 말이지."

"예행연습?"

"그래. 왜냐하면 두 사람 다 아무것도 모르면 곤란하잖아?"

"그건…… 그렇지만."

"그대를 조금이라도 더 기분 좋게 해주고 싶어서 미리 공부해 두었어. 뭐든 세 나 그대를 위해서야."

'정말 그럴까.'

지크프리트는 아무렇지도 않게 거짓말을 하니까 신용할 수 없었다.

그렇지만…….

"알겠어요. 예전 일은 더 이상 따지지 않겠어요. 그렇지만 앞으로는 저에게만 해주세요."

해보고 나서 처음 깨달았지만, 이런 일은 상내가 누구든지 할 수 있는 일이 아니었다. 자신은 지크프리트 이외의 사람과는 할 마음이 들지 않았고, 지크프리트도 그래주었으면 했다.

지크프리트의 물빛 눈동자 위로 진득하게 달콤한 미소가 떠올랐다.

"약속할게. 앞으로는 그대 이외의 사람과는 이런 일을 하지 않아. 절대로."

그 말에 어째서인지 매우 안도했다. 저도 모르게 울고 싶어질 정도로.

"좋아요……. 그렇다면 용서해 줄게요. 아파도 참을 테니, 전하 뜻대로 하세요……."

"에르윈……."

몸 안에서 무언가 팔딱 맥이 뛰었다. 에르윈의 여린 점막에 감싸인 지크프리트의 그 부분이 질량을 늘린 것이라고 에르윈도 깨달았다.

"사랑스러운 에르윈. 그대가 괴로워한다는 것은 알아. 그렇지만 그만둘 수 없어. 이렇게 있으니 기분이 좋아서, 좀 더 기분이 좋아지고 싶어서 정신이 나갈 것 같아."

귓가에 흘러드는 지크프리트의 속삼임은 평소와는 달리 자제력을 잃은 듯했다. 보통은 필요 이상으로 냉정한 지크프리트가 이런 식으로 흐트러지다니, 조금 귀여웠다.

에르윈은 지크프리트의 등에 두른 팔에 힘을 실으며 잠꼬대처럼 고했다.

"좋아요……. 저는 괜찮아요……."

아프고 괴롭지만, 그래도 지금은 지크프리트가 원하는 대로 해주고 싶었다.

"그러니까…… 기분 좋아지세요……."

"에르윈……."

좀 더, 좀 더 기분 좋아지세요…….

*　　　*　　　*

눈을 뜨자 곁에 지크프리트는 없었다.

오두막 밖에서 목소리가 들려왔다. 말에게 이야기를 거는 목소리.

아마도 말에게 물이라도 먹이고 있는 것이리라고 생각하며, 에르윈은 침대 위에서 몸을 일으키려다 인상을 찌푸렸다.

아팠다. 온몸이 욱신욱신 쑤셨다. 특히 크게 벌려졌던 다리는 무거워서 움직이기도 괴로울 지경이었다. 지크프리트를 받아들인 장소에 이르러서는, 아직까지도 무언가가 끼인 것만 같은 이물감이 남아 있었다.

첫날밤이라는 의식이 이렇게나 중노동이라고는 생각지도 못했다.

언니들도 이렇게나 큰일을 치른 것일까? 혼례 다음 날 인사하러 왔을 때에는 멀쩡한 얼굴로 보였는데.

'혹시 나만 특별한 걸까?

나, 여자로서 실격인가?

불안해하면서 겉옷을 끌어당기자, 침대 위에 깔린 하얀 리넨 위에 작은 핏자국이 생겨있는 것을 깨달았다.

"아……."

그것이 무엇인지 이해하고서 에르윈이 새빨개져서 굳어 있자, 갑자기 오두막 문을 열고 지크프리트가 들어왔다.

"좋은 아침이야. 왕태자비 전하, 깨어나셨나?"

에르윈은 얼떨결에 겉옷으로 자신이 만든 핏자국을 가렸다.

"안 돼요. 보지 말아요."

그러나 지크프리트는 웃으며 능청 떨듯이 말하는 것이었다.

"안타깝네. 벌써 봐버렸어."

"……네엣……?"

"부끄러워할 것 없어. 그대가 내 아내가 되었다는 증거야. 나는 그것을 보고 자랑스러웠어."

말투는 가볍게 농담처럼 꾸몄지만, 그것이 지크프리트의 본심이라는 사실은 물빛 눈동자를 보고 깨달았다.

고개를 숙이자, 지크프리트가 옆으로 와서 에르윈의 어깨를 끌어안았다.

"저…… 더 이상 벤토스로는 돌아갈 수 없는 거로군요……."

이제야 겨우 자신이 아크이라에 왔다는 실감이 샘솟았다.

"나는 처음부터 그대를 돌려보낼 마음 따위 털끝만큼도 없었어."

"전하……."

"그대는 평생 내 곁에서 사는 거야."

스치듯 키스가 입술 위에 내려앉았다.

가슴이 꾸욱 작은 소리를 내며 꿈틀거렸다. 그렇다. 예전에 처음 좋아하게 된 남색 눈동자를 지닌 남자아이가 바라보았을 때와 마찬가지로.

입술을 떼더니 지크프리트는 조금 밝은 목소리로 말했다.

"자, 옷을 입어. 무언가 먹을 것을 가져오도록 부탁했으니까."

그 말에 에르윈은 작게 놀라움의 목소리를 질렀다.

"엣?! 먹어도 되나요? 아크이라에서는 오랜 관습을 지켜서 미사 전에는 아무것도 먹어서는 안 되는 줄 알았어요."

"표면상으로는 그렇지."

지크프리트가 작게 어깨를 으쓱였다.

"그렇지만 그래서야 배가 고프잖아? 그러니까 방으로 가벼운 음식을 가져오도록 시킨 뒤 몰래 먹은 후 미사에 나가는 거야."

"어머, 그렇군요."

"앞으로는 그대도 그렇게 하도록 해. 시녀에게 말하면 곧바로 준비해 줄 거야."

"몰랐어요."

그런 것, 아무도 가르쳐 주지 않았다.

얼떨떨해하는 에르윈을 보고 지크프리트가 미소 지었다.

"그대는 벤토스에서 어떤 식으로 지냈어?"

"벤토스에서……? 그렇군요……. 마음껏 자유롭게 지냈어요. 지금에 비하면 훨씬."

"그렇다면 아크이라에서도 똑같이 하도록 해. 어쩌고 싶은지 시녀들에게 전해봐. 시녀들은 그대가 내릴 지시를 기다리고 있을 거야. 그리고 그것이 가능한 일이라면 분명 그대의 바람을 이루어줄 거야."

'정말로 그럴까……? 그런 걸까?'

생각해 보았지만 잘 모르겠다. 지금까지 시녀들에게 이렇다 할 지시를 내린 적은 없었다. 자신 쪽이 지시에 따르는 입장이라고 생각했기 때문이다.

반신반의 상태로 천천히 침대 끝으로 이동해 걸터앉은 채 바닥에 발을 내리자, 지크프리트가 걱정스레 에르윈의 손을 잡고 몸을 시냉해주었다.

"발은 어때? 아직 아파?"

그러고 보니 굴러서 발을 삐었던 사실을 잊고 있었다. 그 이외에도 아픈 곳이 가득한 탓이었다.

"괜찮아요. 말에 타지 못할 정도는 아니에요. 그보다……."

에르윈은 망설이면서 붉은 자국을 보았다.

"이거, 어쩌죠? 누군가 보면……."

부끄럽고도 부끄러워서 견딜 수 없다고 에르윈은 생각했지만, 지크프리트가 떠올린 것은 에르윈과는 다른 것이었던 모양이다.

"그렇군⋯⋯. 첫날밤의 그게 거짓말로 들통 나면 곤란하고⋯⋯."

그렇게 말하고 나서 지크프리트는 천천히 일어선 뒤 허리에 찬 단검을 뽑아 에르윈의 처녀의 증거가 남은 리넨을 잘게 찢었다. 그리고 폭 넓은 끈 모양이 된 그 천을 에르윈이 삔 쪽의 발에 감았다.

"상처를 치료하는 데 쓴 걸로 해두자. 나중에 새것을 보내주면 돼."

그 말을 듣고 에르윈은 저도 모르게 한숨을 쉬고 싶은 마음이 들었다.

"⋯⋯정말 잔머리가 잘 돌아가시네요⋯⋯."

"처세술이라고 말해주면 좋겠어. 왕태자쯤 되면 이것저것 있다고."

"그렇겠지요."

"그렇지만 그대에게는 거짓말하지 않아. 그대는 진정한 나를 알아주었으면 해."

그것은 어떤 의미일까? 내가 아내이니까? 다른 사람 앞에서는 지크프리트는 자신을 속이고 있다는 뜻? 그렇지 않으면⋯⋯?

'역시 이것도 거짓일까⋯⋯?

에르윈은 그에 대해 모르는 상태로 일어나 지크프리트에게 등을 돌리고 나서, 어젯밤 스스로 벗어 던졌던 옷을 주워 몸에 둘렀다.

몸 안에 느껴지는 위화감은 아직 그곳이 젖어 있기 때문이었다. 지크프리트가 쏟아 넣은 것 때문에.

"아기가…… 태어날까요……."

그것이 교미와 같은 행위라면 머지않아 자신의 배 속에는 아기가 잉태되어 달이 차면 태어날 터. 아름다운 지크프리트의 피를 이은 아이라면 여자아이든지 남자아이든지 분명 무척이나 사랑스러운 아이가 태어날 것이 틀림없다.

어쩐지 굉장히 신기한 기분이었다.

자신의 몸속에서 자신이 아닌 생명이 잉태된다는 것은 어떤 느낌일까? 나날이 커져 가는 배를 쓰다듬는 언니들은 정말로 행복해 보였는데…….

"한 번에 생길 수도 있어. 그렇지만 몇 번을 해도 생기지 않을 수도 있어. 이것만큼은 하느님의 뜻이야."

조금 무뚝뚝하게 지크프리트가 말했다.

"그렇지만 나는 별로 그대에게 그런 것을 바라는 게 아니니까. 아이 따위 없어도 돼."

그것은 에르윈에게 있어서는 대단히 의외인 말이라서.

"그렇다면 후계자는 어떻게 하실 거예요?"

"그런 문제, 어떻게든 될 거야."

지크프리트는 왕태사이다. 아버지인 국왕이 퇴위하면 다음에 국왕이 될 사람은 지크프리트였다. 그리고 지크프리트의 자식이 다음 왕태자가 된다.

그 왕태자를 낳는 일은 왕태자비인 에르윈의 의무일 터.

그런데 어째서 지크프리트는 그런 말을 하는 것일까?

'설마……'

마음속에서 의혹이 생겼다.

'설마 내가 낳은 아이에게 아크이라는 물려줄 수 없다는 말……?'

그렇다면 아크이라의 후계자는 누구에게 낳게 할 것인가? 나 이외의 사람과는 그런 일은 하지 않는다고 약속했는데, 역시 그 말은 거짓이었나?

작았던 의혹이 점점 퍼져 나갔다. 맑은 물속에 톡 떨어진 검은 물처럼 파문이 퍼져 주변을 검게 물들여 갔다.

뒤돌아서서 올려다본 지크프리트의 눈동자에서는 아무런 감정도 엿볼 수 없었다. 그 때문에 알았다. 지크프리트는 더 이상 그 이야기를 하고 싶지 않은 것이다.

"자, 조금 서둘러. 다들 떼 지어 몰려오기 전에 왕국에 돌아가야지."

살짝 농담 투로 지크프리트가 말했다.

"예……."

고개를 주억이는 에르윈의 가슴속에서 이루 표현할 수 없는 마음이 소용돌이쳤다.

그것은 이윽고 작게 굳어서 언제까지고, 언제까지고 사라지지 않는 응어리가 되어 에르윈의 가슴을 이따금 술렁이게 만들었다.

4장

    밤중에 왕국을 빠져나간 일을 호되게 꾸지람 듣겠거니 생각했지만, 예상과는 달리 그 누구도 아무 말도 하지 않았다.

    쌀쌀한 태도라든지, 차가운 눈빛이라든지 그런 것도 일체 없었다. 고작 플로리안만이 '여전히 무모하구나'라며 웃었을 뿐, 그 후에는 그지 담담하게 똑같은 매일이 마찬가지로 이어져 에르윈은 조금 김빠졌다.

    변한 점이 있다면, 지크프리트가 아침까지 같은 방에서 지내게 되었다는 것 정도였다. 그리하여 에르윈은 남자의 격한 욕망이라는 것을 몸소 체험하게 되었으나…….

    '그러니까 그게 아니라.'

그렇다. 문제는 아무런 꾸중도 없다는 점.

혹시 벤토스에서 그런 행동을 했었다면 최소한 사흘 정도는 부모님이 퍼붓는 잔소리의 폭풍을 맞게 되었으리라. 게다가 오빠에게 설교를 듣고, 언니들로부터도 엄하게 질책을 받으며 심하게 반성을 재촉당할 게 틀림없었다.

'이런 상황은 대체 뭐지?'

무시당하는 것인가? 아무래도 좋다고 생각하나? 이미 버려진 것인가?

한숨을 쉬고 싶은 마음이 드는 한편 지크프리트의 말이 되살아났다.

지크프리트는 좋을 대로 하면 된다고 말했다. 시녀들에게는 스스로 지시를 내리라고.

'정말일까……?'

반신반의로 말해보았다.

"저기…… 오늘은 스스로 드레스를 골라도 될까요……."

정말로 이런 말을 해도 좋을까? 이런 말을 하면 건방지다고 빈축을 사지는 않을까?

그러나…….

"분부 받들겠습니다. 그럼 이쪽으로 오시지요."

간단히 받아들이며 옷장 앞으로 이끌자, 오히려 에르윈 쪽이 놀랐다.

이리되자 조금 더 대담해지고 싶어졌다.

애당초 내성적인 편은 아니었다. 아크이라에 온 뒤부터

는 자신을 억눌러왔지만, 사실은 굳이 어느 쪽인지 따지자면 하고 싶은 말은 똑바로 하는 편이었다. 어린 시절부터 말괄량이 공주라고 불렸다. 그런 자신이 고개를 내밀었다.

"이 드레스…… 입어봐도 될까요?"

에르윈이 가리킨 옷은 벤토스에서 가지고 온 벤토스 전통 디자인의 드레스였다.

"이것과 요전번에 왕태자 전하께서 주신 머리 장식을 맞춰보면 정말로 좋을 거라고 생각하는데, 당신은 어떻게 생각하세요? 의견을 들려주세요."

반응을 살피려고 가장 나이 많은 시녀의 얼굴을 바라보자, 그녀는 공손히 머리를 조아리며 답했다.

"매우 잘 어울리실 것이라 생각합니다."

"정말로? 정말로 그래요?"

에르윈은 바싹 다가서서 그녀의 얼굴을 들여다보았다.

"예."

시녀는 평소와 다름없는 온화한 태도로 끄덕였다.

그대로 뚫어져라 마주 보기를 잠시…… 에르윈 쪽이 쑥스러워 쿡쿡 웃기 시작했다. 이유 같은 것은 없었다. 어째서인지 괜스레 웃고 싶었을 뿐.

"저 스스로 아무것도 몰랐다는 사실을 간신히 깨달았어요."

웃음을 멈추고서 에르윈은 시녀 쪽으로 다시 시선을 돌렸다.

"왕태자비로서 제가 어찌하면 좋을지 가르쳐 주시겠어요?"

아마도 에르윈의 어머니보다 훨씬 연상일 그 시녀는 공손히 고개를 조아렸다.

"제가 할 수 있는 일이라면 무엇이든지."

"그렇다면."

에르윈은 미소 지었다.

"일단 이름을 가르쳐 줘요."

시녀의 눈가에도 옅게 미소가 떠올랐다.

"게이트루드라고 하옵니다."

"지금까지 이름도 묻지 않아서 미안해요. 앞으로 잘 부탁해요."

"황송한 말씀이옵니다, 왕태자비 전하."

"저를 에르윈이라고 불러주세요. 그 밖에 다른 분들의 이름도 가르쳐 주셨으면 하는데……. 그 전에 가볍게 무언가 먹고 싶어요. 이런 말을 하면 경망스러울까요?"

게이트루드의 미소가 깊어졌다.

"알겠습니다. 곧 대령하겠습니다."

"고마워요."

"미사 전에 무언가 드시는 분은 많은 모양입니다. 물론 숙녀 여러분들도요. 배가 너무 고파 미사 자리에서 쓰러지시는 것보다는 훨씬 경망스럽지 않겠지요."

처음으로 게이트루드의 목소리를 들었다. 생각했던 것

보다 다정한 목소리였다.

지크프리트의 말은 거짓이 아니었을지도 모른다. 어쩌면 게이트루드를 필두로 하는 시녀들도 완고한 에르윈에게 당황했을까?

새삼스럽지만 자신이 해온 일이 부끄러워졌다.

정신 똑바로 차려야 해. 제대로 아크이라의 왕태자비가 되어야지.

그리운 조국 벤토스가 멀어져 가는 기분이 들었다. 애달프고 가슴이 먹먹해서 지금 당장에라도 울음이 터질 것만 같았다.

그래도 나는 아크이라에서 살아가야만 한다.

그 에반젤린처럼.

*   *   *

"어머! 예쁘다!!!"

삐었던 발이 완전히 나아 오랜만에 수도원에 얼굴을 내밀자마자 클라리사가 소리를 질렀다.

"그 옷, 벤토스의 드레스지?! 엄청 잘 어울려! 정말로 예뻐."

"고마워."

에르윈은 뺨을 붉히며 말했다.

"실은 조금 망설였지만……."

"어머, 어째서?"

"벤토스에 돌아가고 싶어 하는 것처럼 여겨지면 어쩌나 해서."

입 밖에 낸 순간 기분 좋을 만큼 시원스럽게 웃어넘겼다.

"지나친 생각이야."

클라리사의 말에 따르면 이전에 동방에서 부인을 맞이한 백작이 있었는데, 한동안 그 백작부인의 흉내를 낸 동방의 드레스가 부인들 사이에서 유행한 적도 있는 모양이었다.

"이번엔 벤토스 드레스가 유행할지도 몰라."

천진하게 클라리사가 말했다.

"나도 아버님께 졸라볼까."

"괜찮다면 다음번에 내 옷을 입어볼래?"

큰마음 먹고 권유해보자 클라리사의 눈동자가 빛났다.

"괜찮아?"

"응. 일레네도 와."

"멋져! 재미있겠다!!!"

어쩐지 매우 안도했다.

'클라리사의 말대로 내가 지나치게 생각했나……'

다른 사람의 눈만을 의식해서 필요 이상으로 소심해졌다.

그렇다. 아크이라의 컷워크를 배우는 대신, 다음번에는 벤토스의 머리 장식 리본을 만드는 법을 모두에게 가르쳐 줘도 좋을지도.

벤토스는 더 이상 간단히 돌아갈 수 있는 곳이 아니지만, 그런 식으로 벤토스의 물건이나 풍습을 접하다 보면 조금은 마음이 치유될지도 몰랐고, 게다가 아크이라의 모든 사람들도 벤토스에 대해서 알아주었으면 했다.

'왜냐하면 그게 나인걸.'

오랜만에 마음이 들떴다. 이렇게 울렁거리는 것은 아크이라에 와서 처음인지도 모른다.

*   *   *

"그만두시지요, 왕태자비 전하."

마구간지기 노인이 비통한 목소리로 외쳤다.

"그런 일을 하시면 제가 꾸중 듣습니다."

"괜찮아요."

에르윈은 밝게 대답했다.

"그렇지만 말은 자신을 돌보아주는 사람을 제대로 기억하는 동물이에요. 이렇게 수고를 하면 할수록 신뢰에 응해줘요. 당신도 알고 계시죠?"

"그건 그렇사옵니다만⋯⋯."

마구간시기 노인은 곤란한 나머지 안절부절못했다.

그에 아랑곳하지 않고 에르윈은 마구간지기 노인의 손에서 여물을 빼앗아 여물통에 넣었다. 에르윈의 애마 아르뵘은 기쁜 듯이 그것을 먹었다.

"괜찮아요. 이 아이를 돌보는 것은 나를 위해서예요. 지금까지 줄곧 그래왔어요. 이제 와서 다른 사람에게 맡길 수 없어요."

"그렇게 말씀하셔도……."

마구간지기 노인은 내버려둔 채 아르붐의 발굽 손질을 하고 털을 닦아주고 나서 에르윈은 아르붐의 등에 안장을 얹었다.

"설마."

마구간지기 노인이 허둥지둥 말했다.

"왕태자비 전하, 설마 말에 오르실 생각은……."

"어머, 그 설마예요."

"그, 그만두시옵소서. 평생소원입니다. 이런 사실이 알려지면 저는 참수 당할지도 모릅니다."

그 소리야말로 '설마' 겠죠? 이런 일로 참수 따위 당하지 않아요.

대꾸하기도 전에 마구간 입구에 누군가가 서 있다는 것을 깨닫고 에르윈은 그쪽으로 시선을 돌렸다.

역광 속, 얼굴은 뚜렷이 보이지 않았다. 그렇지만 그 큰 키와 은색으로 빛나는 머리카락으로 금방 그가 누구인지 알아보았다.

"전하……."

황급히 마구간지기 노인이 예를 차렸다.

지크프리트는 느긋하고 우아한 걸음걸이로 마구간 안까

지 들어오더니 에르윈에게 쓴웃음을 지어 보였다.

"내 아내는 자유분방하군. 보라고, 마구간지기가 곤란해 하잖아."

"그렇지만 말을 타고 싶은걸요."

에르윈이 대꾸했다.

"이대로 제가 말에 오르면 전하께서는 이분을 참수하실 건가요?"

자신으로 인해 마구간지기 노인이 벌을 받는다면 그것은 너무나 부당하지만, 그렇게는 되지는 않으리라는 마음이 있었다.

혹시 그런 상황으로 흘러가게 되었다면 게이트루드가 슬며시 가르쳐 주었으리라.

게이트루드는 기본적으로는 에르윈이 하는 일에는 참견하지 않았다. 에르윈이 하고 싶은 대로 하게 해주지만, 에르윈이 잘못된 일을 하려고 들 때에는 가만히 무언의 항의를 했다. 에르윈의 말을 따르지 않고 가만히 고개를 조아린 채 움직이지 않는 항의였다.

어쨌거나 마구간까지 따라온 것을 보면, 게이트루드가 볼 때 자신의 행동은 허용 범위 내라는 사실. 하긴 시녀들은 에르윈을 섬기는 몸이라고는 해도 모두 아크이라에서는 그런대로 명문가의 여성들이라 마구간 안까지 들어오려고 하지는 않았지만.

에르윈의 말을 듣더니 지크프리트는 소리 내어 웃었다.

무언가를 재미있어 하는 듯한, 매우 즐거워 보이는 웃음이었다.

"알았어, 왕태자비. 그대가 좋을 대로 하도록."

"괜찮아요?"

"어쩔 수 없지. 벤토스 인에게 말을 타지 말라는 것은, 우리들에게 사과주를 마시지 말라고 하는 것과 마찬가지니까 말이야."

아크이라 북부 지방은 사과 재배가 일찍부터 시작되었다고들 말한다. 사령관 이자크가 에반젤린을 향한 사랑의 증거로 사과나무를 심은 이유 역시 아마도 그만큼 사과가 친숙했기 때문이리라.

아크이라 북부에서 재배된 사과는 사과주가 되어 아크이라 전역으로 출하되었다. 그 때문인지 아크이라 사람들은 사과주를 즐겼다. 벤토스에서도 사과주는 마시지만 아크이라만큼은 아니었다.

"왕태자 전하…… 그렇지만……."

한층 더 불안해 보이는 마구간지기 노인에게 지크프리트는 미소 지으며 말했다.

"괜찮아. 나도 함께 갈 테니. 그러면 되지?"

"그렇다면…… 뭐……."

"그럼 내 말을 준비해 주겠나."

"예. 분부에 따르겠습니다. 닉스 말씀이시지요."

지크프리트의 말을 듣고 마구간지기 노인은 마지못해 말

을 준비하러 갔다. 데려온 말은 그 이름 그대로 백마였다.

에르윈은 어쩐지 눈부신 기분으로 그 말을 올려다보았다.

'닉스……'

그리운 이름이야.

어린 시절 마음에 들어 했던 말과 같았다. 눈처럼 하얀 털도 마찬가지였다. '닉스(눈)'는 흰털 말에는 곧잘 붙이는 이름이지만, 이 사소한 우연에 조금 마음이 뛰었다.

아르붐의 고삐를 당겨 마구간 밖으로 나오자 플로리안을 필두로 하는 호위가 말을 준비해 기다리고 있었다.

"준비성이 좋구나, 플로리안."

에르윈의 목소리에 플로리안이 미소 지었다.

"오랜만에 아르붐을 만진 에르윈이 잠을 수 있을 리 없다는 걸 아니까 말이야."

그러나 에르윈에 이어 지크프리트가 나온 순간 그 미소도 굳어버렸다.

"레니스 후작, 나도 함께해도 될까?"

"왕태자 전하……"

"미안하지만, 호위를 부탁하네."

"분부 받들겠습니다."

에르윈은 어쩐지 살짝 한숨을 쉬고 싶은 마음이 들었다.

지크프리트와 플로리안 사이는 지금도 어색했다. 요즘 들어 지크프리트 쪽은 이전 같은 가시가 사라진 느낌이 들었지만, 플로리안 쪽은 앙금을 잘라버릴 수 없는 모양이었다. 여전히 지크프리트와는 눈을 마주치려고 하지 않았다.

'그렇지만 그것도 어쩔 수 없는 일인지도 몰라…….'

왜냐하면 이곳에 막 왔을 무렵의 플로리안을 대하는 지크프리트의 태도는 도저히 칭찬받을 만한 것은 아니었으니까. 아무리 신하라고 해도 그런 말투는 아니라고 생각한다. 착실하고 성실하고 사려 깊은 플로리안이니까 참아주었지, 상대가 옹졸한 사람이었다면 지크프리트와 서로 칼을 휘두르는 싸움으로 번져 국제 문제로 발전했을지도 모른다.

그렇게 생각하자 조금 우울해졌지만 아르붐을 타고 달리는 사이, 그 감정도 바람과 함께 어디론가 날아가 버렸다.

오랜만의 승마는 에르윈의 마음을 끓어오르게 했다.

사람의 발로는 불가능할 만큼의 속도로 풍경이 뒤로 사라져갔다. 기분 좋았다. 말과 함께 자신까지 바람이 된 것 같았다. 싫은 일도 괴로운 일도 바람을 타고 날아갔다. 지금이라면 어디든지 갈 수 있을 것 같은 기분이 들었다. 이를테면 하늘로라도…….

플로리안을 필두로 하는 호위들도, 그들이 벤토스에서 데려온 말들도, 무언가에서 해방된 듯 가벼웠다. 그들도 에르윈과 마찬가지로 아크이라에 오고 나서는 거의 말에 타는 일은 없었을 터. 간만의 승마를 진심으로 즐기고 있으리라.

저도 모르게 미소를 지으며 옆을 보자, 지크프리트의 닉스도 뒤처지지 않고 에르윈의 아르붐과 머리를 나란히 하고 있었다.

"전하, 잘 타시네요."

벤토스에서는 어린 시절부터 다들 말을 탄다. 그 벤토스인을 따라올 수 있는 지크프리트의 승마 실력은 제법이라고 해도 좋으리라.

"특훈을 했으니 말이지."

진심인지 농담인지 알 수 없는 말투로 지크프리트가 말했다.

"아름다운 에반젤린의 나라에서 아내를 맞이했으니 그 정도는 해야지."

"어머, 전하도 에반젤린과 사령관 이자크의 사랑 이야기를 아시나요?"

그렇게 묻자 당연하다는 듯이 대답이 돌아왔다.

"물론 알고 있어."

"저는 아크이라에 와서 처음으로 알았어요. 벤토스에서는 아마 아무도 모를 거라고 생각해요."

"그래? 신기하네."

"멋진 이야기인데 말이에요. 정말로 아쉽다고 클라리사와 일레네도 말했어요."

지크프리트는 웃고 난 다음 시선을 앞으로 돌렸다.

"조만간 가보겠어?"

"네?"

"이자크의 사과 가로수길. 그대와 함께라면 말을 타고 멀리 나가는 것도 즐거울 거야."

에르윈은 어떻게 대답하면 좋을지 몰라 입을 다물었다.

지크프리트가 모를 리 없었다. 사령관 이자크가 심었다고 하는, 그 사과나무 아래에서 사랑을 맹세하면 두 사람은 평생 행복하게 산다는 전설을.

지크프리트는 그곳에 가서 어쩔 생각일까?

'나와 사랑을 맹세할 셈일까?'

나 따위는 정말로 사랑하지도 않는데?

그렇게 언덕을 넘어 자작나무 숲을 지나 숲으로 들어갔다. 초록이 풍부한 오크 가지가 만드는 나무 그늘을 통해 잠시 지나가던 참에, 갑자기 지크프리트가 말을 가까이 붙여 옆에서 아르붐의 고삐를 당겼다.

"이리 와."

"네? 무슨 말씀이세요?"

"됐으니까. 이쪽이야."

앞서 가던 플로리안의 등이 우거진 오크 가지 너머로 사라져 갔다. 다른 호위들도 길을 벗어난 에르윈과 지크프리트를 눈치채지 못한 채 플로리안을 따라갔다.

요컨대 지크프리트는 호위를 따돌린 것이었다.

"괜찮아요? 이런 일을 하시다니."

일국의 왕태자가 수행원도 거느리지 않고 걷다니, 좋지 않은 일이었다. 그것도 왕태자비까지 끌어들여서.

그러나 지크프리트는 기죽지 않았다.

"괜찮아. 이 주변 숲은 내 정원 같은 곳이야."

"그렇지만."

"이러쿵저러쿵하지 말고 따라와."

조금 강압적으로 말하자, 에르윈은 어쩔 수 없이 지크프리트를 따랐다.

그대로 아까까지와는 다른 방향으로 나아가자 가까스로 조금 트인 장소가 나왔다.

"조금 쉬자."

지크프리트가 그렇게 말하며 말에서 내렸다.

주변에는 똑바로 뻗은 오리나무가 늘어섰고, 정원과 이 수풀 너머에는 작은 샘에 맑은 물이 가득 차 있었다.

매우 아름다운 장소였지만 지금의 에르윈에게는 그것을 즐길 여유가 없었다.

"대체 어쩔 셈이세요?"

에르윈은 불신감을 가득 담아 지크프리트를 노려보았다.

"지금쯤 플로리안 일행은 필사적으로 우리를 찾고 있을 거예요."

그러나 지크프리트에게는 전혀 신경 쓰는 기색이 없었다.

"그들에게는 미안하다고 생각해. 그렇지만 이렇게라도 하지 않으면 좀처럼 그대와 둘만 있을 수 없으니 말이야."

"전하."

"그대에게 보여주고 싶은 것이 있어. 이쪽으로 와."

지크프리트는 오리나무에 닉스와 아르붐을 매어두고 걷기 시작했다.

두 마리는 사이좋게 서서 샘물을 마시며 주변 풀을 즐겁게 먹었다.

"자."

뒤돌아보며 손을 내밀자, 더 이상 거스를 수 없었다. 어쩔 수 없이 지크프리트가 이끄는 대로 걷기 시작하자, 금세 달콤한 향기가 어디서인가 떠돌았다. 꽃향기. 점점 그 향기가 강해지더니 이윽고 그 정체가 드러났다.

"어머, 예뻐요……!"

향기의 주인은 지크프리트보다 조금 키가 큰 나무였다. 어깨를 나란히 붙이듯이 몇 그루가 밀집해 있는 나무는, 각각 가지 한가득 하얀 꽃을 피우고 있었다. 네 장의 하얀 꽃잎으로 이루어진 가련하고 청초한 꽃. 멀리서 보니 그곳만 눈이라도 쌓여 있는 듯했다.

"좋은 향기……."

저도 모르게 이끌려 얼굴을 들이밀자 향기는 한층 더 강하게 피어났다.

"시링거 꽃이야."

지크프리트가 하얀 꽃을 따서 에르윈의 머리카락에 꽂았다.

"이 주변에서는 곧잘 보이는 꽃인데, 여기가 가장 예쁘게 피어."

에르윈은 숨 막힐 정도로 달콤한 꽃향기를 가슴 가득히 들이마신 다음 지크프리트를 어이없다는 듯이 바라보았다.

"혹시 보여주고 싶으시다는 게, 이거?"

"그래. 왜냐하면 예쁘잖아?"

어쩐지 화낼 마음도 사라져서 에르윈이 풀 위에 앉자 지크프리트도 옆에 와서 앉았다.

"마음에 들었어?"

그렇게 묻자 대답했다.

"시링거 꽃은 말이죠."

"뭐가 마음에 안 들어?"

"아시잖아요? 전하의 태도예요."

"그래?"

"그래요!"

얄미운 말을 하고는 있지만 그래도 가슴은 조금 두근거렸다.

분명 이곳은 매우 멋진 장소였다. 이 장소를 에르윈에게 '보여주고 싶다'고 생각해 준 지크프리트의 그 마음이 에르윈의 마음을 띠끈따끈 덥히는 동시에 달뜨게 만들었다.

그렇게 그대로 딴청을 피우고 있노라니 지크프리트가 어깨를 끌어안고 뺨에 키스를 해왔다.

"있지, 들려주지 않겠어. 그대와 그대의 남색 눈동자의 정인에 대해서.”

귓가에서 지크프리트가 속삭였다.

“그대는 언제 그 아이를 좋아하게 되었어?”

에르윈에게는 매우 이해하기 힘든 일이었지만, 지크프리트는 이따금씩 에르윈의 첫사랑 남자아이에 대해서 듣고 싶어 했다. 아무리 어린 시절 일이라고는 해도 자기 아내가 좋아했던 상대에 대한 일 따위는 듣고 싶지 않은 것이 보통 아닐까?

“그런 걸 들으셔서 어쩌시려고요?”

그렇게 묻자 지크프리트는 만면에 미소를 띠우며 말했다.

“어쩌지 않아. 그저 듣고 싶을 뿐.”

“……”

“왜냐하면 그대에 대해서는 뭐든지 알아두고 싶어.”

그러니까 가르쳐 줘.

귓가에 와 닿는 숨결에 짜르르 등줄기로 뜨거운 마비가 타고 내려왔다.

‘언제부터 나, 이렇게 경박한 여자가 된 걸까?’

지크프리트와 함께 밤을 지내게 되고 나서부터 자신이 점점 변해간다는 사실을 깨달았다. 마치 피부를 통째로 지크프리트가 고쳐 만들어 버린 것처럼.

술렁이는 가슴의 고동을 지크프리트에게 들키지 않기를 기도하면서, 에르윈은 지크프리트의 얼굴을 외면하며 입을 열었다.

"언제라고 물으셔도 잘 몰라요. 깨닫고 보니 좋아하게 되어 있었어요."

"헤에…… 그렇구나……."

"그렇지만 굳이 말하자면, 그때일까요……."

"어떤 때……?"

옆얼굴에 닿는 지크프리트의 시선을 느꼈다. 외면하려던 생각도 잊고 에르윈은 지크프리트의 물빛 눈동자를 바라보았다.

그는 미소 짓고 있었다. 즐겁다는 듯이, 행복하다는 듯이 어린아이처럼 순진하게.

지크프리트와는 조금도 닮지 않았을 터인데 어째서인지 첫사랑인 그 아이를 떠올렸다. 그 시절 그 아이는 곧잘 이렇게 에르윈 옆에 앉아 미소 지으며 에르윈의 얼굴을 지그시 바라보았다.

마음이 그날로 돌아간다.

처음 그 아이에게 '좋아해'라는 말을 들었던 그날로.

"그 아이와 만나는 날은 항상 말을 타고 혼자서 목장의 맨 끝까지 갔어요. 그곳에서 그 아이와 만났어요."

확인한 적은 없지만, 그 아이는 아무래도 목장에서 계곡을 하나 넘어가서 있는 곳쯤에서 온 것 같았다. 그 주변에는 이전에 외국 귀족의 피서용 빌라가 있었다고 하니 어쩌면 그곳에 살고 있었을지도 모른다.

"그 아이는 말을 타지 못했으니까 같이 놀 때에는 말에서 내려 술래잡기를 하기도 하고, 꽃을 따기도 하고, 곤충이나 동물을 따라다니기도 하고, 그런 다음 앉아서 얘기를 나누기도 하고……."

지금 생각해보면 특별한 것은 아무것도 하지 않았다. 그런데도 그와 있으면 즐거워서.

"그날은 둘이서 동쪽 계곡까지 나갔어요. 그 주변은 초원이 펼쳐져 있어서 예쁜 들꽃이 피어 있다는 것을 알았으니까요."

"……그래……."

"날씨가 좋은 날이라서 바람이 기분 좋았어요. 그 아이는 풀 위에 누워 흘러가는 구름을 멍하니 보고 있었어요. 저는 그런 그 아이의 곁에서 꽃을 따 화관을 만들었어요. 저, 그 무렵 자수는 서툴렀지만 화관을 만드는 것은 잘했어요."

그랬다. 그것을 그에게 보여주고 싶었다.

"붉은 토끼풀 꽃. 하얀 토끼풀 꽃. 제비꽃에 민들레. 주변에 있는 꽃을 잔뜩 써서 스스로 할 수 있는 한 힘껏 화려한 관을 만들었어요. 회심의 작품이었어요. 기쁘고 자랑스러워서, 저는 누워 있는 그 아이를 일으켜 머리에 화관을 씌워주며 말했어요. '자, 대관식' 이라고."

살짝 장난치고 싶었을 뿐이었다. 의미가 있어서 입에 담은 말이 아니었다. 그런데 그는……

"그 순간 그 아이가 지은 표정, 지금까지도 잊을 수 없어요. 그 아이는 굉장히 깜짝 놀란 표정으로 나를 봤어요. 그 아이의 표정을 본 제 쪽이 더욱더 깜짝 놀랐을 만큼. 그런 다음 그 아이는 제 손을 잡고 말했어요. '나는 임금님이 될 수 있을까?' 라고. '나는 임금님이 되어도 될까?' 라고……."

"……그래서? 그대는 무어라 대답했어……?"

"'대관식을 치렀으니, 네가 임금님이야'."

지크프리트는 아무 말도 하지 않았다. 그저 가만히 에르윈을 바라보았다. 에르윈은 계속 말했다.

"그 아이는 잠시 무언가 생각에 잠긴 듯했지만, 갑자기 제 손을 잡고 말했어요. '어쩌지? 나, 너를 정말로 좋아해.' 곧바로 저도 대답했어요. '나도 그래'라고. 그때까지 그런 일은 한 번도 생각해 본 적 없었는데, 그 말은 간단하게 제 입에서 흘러나왔어요."

"얼떨결, 이었어?"

"아니에요. 아마도 그 순간 알았던 거예요. 그 아이를 어느새 좋아하게 되었다는 사실을. 분명 그도 마찬가지였을 거라 생각해요."

"그랬구나."

지크프리트는 고개를 끄덕인 다음 에르윈의 오른손을 잡더니 살짝 움켜쥐었다.

"나도 그렇다고 생각해."

"전하……."

무심코 바라본 물빛 눈동자는 그날의 하늘과 같은 빛깔. 풀 위에 누운 채 가만히 푸른 하늘을 보던 그 아이의 남색 눈동자에 비쳤던 하늘과 같았다.

문득 에르윈은 환상에 사로잡혔다.

지금 자신의 곁에 있는 사람은 틀림없이 지크프리트였다. 그런데 어째서인지 그 아이와 나란히 앉아 있다는 느낌이 들었다. 어른이 된 그 아이의 커진 손바닥으로, 그날처럼 손을 잡고 있다는 느낌이 들었다…….

어리둥절함에 밀려 에르윈은 지크프리트의 손바닥에서 자신의 손을 빼내었다.

비난받으면 무어라 변명할까 생각했지만, 지크프리트가 입에 담은 것은 다른 말이었다.

"혹시 지금 그 아이가 눈앞에 나타난다면 어쩔 거야? 그대의 그 남색 눈동자의 정인이."

잠시 생각하고 나서 에르윈은 답했다.

"솔직하게 '미안해요'라고 사과하겠어요. 그와의 약속을 지키지 못한 점을."

"그런 다음?"

"그뿐이에요. 달리 무얼 할 수 있나요?"

"이를테면 나를 버리고 그와 도망친다든가 하는 생각을 하지 않나 해서."

지크프리트의 말은 너무 뚱딴지같아서 오히려 우스워

졌다.

"그런 일, 안 해요."

웃으면서 말하자, 지크프리트는 어깨를 으쓱였다. 에르
윈은 하늘을 우러르며 말을 이었다.

"게다가 그도 나빠요. 이렇게 된 것은 그 사람 탓인걸
요."

"그 사람 탓?"

"네, 그래요. 그가 너무 늦었어요. 혹시 제가 이미 그의
아내가 되어 있었다면, 당신도 저를 비로 삼으려고 생각하
지 않았겠죠?"

그러나 지크프리트는 고개를 작게 좌우로 흔들었다.

"그건 어땠을까?"

"무슨 말이에요?"

"설령 그대가 누군가 다른 남자의 아내가 되었다면, 나
는 무슨 짓을 해서라도 그 남자에게서 그대를 빼앗았겠지."

물빛 눈동자가 가만히 에르윈을 바라보았다. 깨끗한 눈
빛에 꿰뚫려서 가슴이 꾸욱 작게 소리를 냈다.

"그대는 어떨지 모르지만, 나에게는 그대가 필요해."

입술에 지크프리트의 숨결이 닿았다.

속삭임. 그리고 키스.

눈을 감고 그것을 받아들이자, 어깨를 안고 있던 지크프
리트의 손바닥에 힘이 실렸다.

키스가 깊어졌다. 희미하게 열린 입술 사이로 부드럽고

미끄러운 것이 파고 들어왔다.

곧바로 등으로 느껴본 적 있는 열기가 타고 올라갔다.

지크프리트의 애무에 익숙해진 몸이 그 뒤에 일어날 일을 기대하며 부들부들 떨었다. 키스뿐만 아니라 더욱더 음란한 행위를 해주었으면 하고 술렁였다.

그런 자신의 상태에 당황하고 있노라니, 어깨를 안고 있던 것과는 다른 쪽 지크프리트의 손바닥이 스르륵 움직여 가슴께의 부푼 언덕을 부드럽게 감쌌다.

'아······.'

깜짝 놀라서 몸을 굳히는 사이, 장난스러운 손가락 끝은 가슴의 정점을 찾아내어 옷 위에서 쓰다듬었다.

몸이 제멋대로 움찔 튀어 올랐다.

그 반응에 기분이 좋아졌는지 지크프리트의 손바닥은 한층 더 대담하게 에르윈의 가슴을 만지작거리기 시작했다. 에르윈의 열기를 더욱 부채질해 절정으로 밀어 올리려는 듯이.

"응······ 으응······."

에르윈은 황급히 지크프리트의 어깨를 두드리며 항의했다.

두 사람뿐인 침실에서라면 어떨지 몰라도, 이곳은 푸른 하늘 아래. 그런 행위에 이르러도 좋을 만한 장소는 아니었다.

게다가 언제 플로리안 일행이 자신들을 찾아 이곳에 올

지 모른다.

혹시 지크프리트와 이런 행위를 하는 장면을 소꿉친구에게 보이기라도 한다면, 부끄럽고 부끄러워서 이후 플로리안과 얼굴을 마주할 수 없게 되어버릴 것이다.

간신히 입술이 떨어졌다.

"안 돼요…… 이런 곳에서……."

한심하게도 이미 숨결이 거칠어졌다.

"어째서? 이렇게 기분 좋은데?"

속삭임과 함께 귓불에 이를 세우자, 또다시 등줄기에 눅진한 열이 타고 올라갔다.

어떻게 해서든 벗어나려고 바르작거리자 더욱 강하게 끌어안아 왔다.

드레스 자락을 가르고 지크프리트의 손이 들어왔다. 허벅지를 타고 올라와 젖기 시작한 부분을 쓰다듬었다.

"봐……. 벌써 젖었어……."

"싫어요…… 싫어요……. 말하지 마세요……."

"굉장해……. 넘쳐흘러."

"싫어…… 싫어……."

촉촉이 젖은 숲을 헤집으며 긴 손가락이 몸속으로 들어왔다. 에르윈의 몸은 이미 그것을 거절하고 있지 않았다. 오히려 스스로 지크프리트의 손가락을 삼키듯이 가장 깊숙이까지 받아들였다.

"안 돼요……."

에르윈은 뜨거운 숨결을 토하면서 힘없는 팔을 지크프리트의 가슴에 대고 밀어내려고 했다.

"안 돼……. 플로리안 일행이…… 올 거야……."

그러나 지크프리트의 가슴은 넓고 그 힘은 강해서 에르윈은 어찌할 도리가 없었다.

"괜찮아. 아직 발소리는 들리지 않아."

"그렇지만……."

"그럼 그만둘래? 그대는 그래도 괜찮아?"

"전하……."

"그대는 이런 나에게 참으라고 하는 거야?"

손을 붙잡혀 이끌려간 그곳은 뜨거워져 있었다. 크게 성이 나 에르윈을 원하고 있었다. 몸의 중심을 뜨거운 손으로 꾸욱 조이는 기분이 들었다.

"아……."

경박한 숨결이 입술에서 흘러나왔다. 지크프리트를 유혹하는 것처럼.

무릎 위로 안아 올려졌다. 둥실 퍼진 스커트 속, 지크프리트의 열기가 닿아왔다.

처음 했을 때는 그렇게나 아팠는데 몇 번이고 반복해서 안기는 사이 곧 아픔은 느끼지 않게 되었다. 아픈 것은 맨 처음뿐이라고 했던 클라리사의 말은 사실이었다.

대신 생겨난 감각은 견디기 어려울 정도의 꿈틀거림.

아프지 않게 된 점은 고맙지만 이 쾌락이라는 감각이 에

르윈은 두려웠다. 아무리 저항해도 저항할 수 없었다. 마음을 배신하고 몸만이 멋대로 절정에 오르려 했다.

"……응……."

에르윈은 지크프리트의 어깻죽지에 얼굴을 묻고 목소리를 죽였다. 흔들릴 때마다 등에 뜨거운 떨림이 몸 안쪽에서 솟아오르고는 머리 꼭대기까지 내달렸다.

더 이상, 아무것도 생각할 수 없었다. 지크프리트의 넓은 등에 매달리는 것이 고작이었다.

"안 돼요……. 안 돼……. 전하…… 저…… 더 이상……."

한층 더 커진 떨림이 몸 구석구석에서 모여왔다. 한데 묶은 듯 커다란 다발이 되어 몸의 중심을 자근자근 기어 올라갔다.

등에 날개라도 돋힌 듯이 몸이 둥실 떠오르는 느낌이 들었다.

등을 끌어당겨 안은 지크프리트의 팔에 힘이 들어갔다.

서로의 고동까지 들릴 정도로 찰싹 강하게 끌어안은 다음, 몇 번이고 몇 번이고 작은 새가 쪼듯이 키스를 반복했다.

숨이 올라갔다 겨우 조금씩 가라앉기 시작하자, 에르윈은 눈을 치켜뜨며 지크프리트를 노려보았다.

"……무슨 생각하시는 거예요……. 이런 곳에서……."

몸 안에는 아직 지크프리트가 있었다. 그가 아쉬운 듯이 에르윈의 몸속을 밀어 올렸다.

지크프리트는 에르윈의 입술에 스치기만 하는 키스를 하고서 아이처럼 짓궂은 미소를 떠올리며 말했다.

"밝은 곳에서 한번 그대를 안아보고 싶었어."

"……믿을 수 없어요……."

"그렇지만 귀여웠어. ……아니, 정말로 예뻤어."

눈부신 것이라도 바라보는 눈빛으로 인해 가슴속이 작게 쿵 소리를 냈다.

에르윈은 살짝 몸을 떼고서 지크프리트에게 등을 보이며 흐트러진 드레스를 정돈했다.

어쩐지 지크프리트의 얼굴을 제대로 바라볼 수 없었다.

부끄러워서가 아니었다.

아마도 애달프기에.

지크프리트는 말했다.

"나에게는 그대가 필요해."

솔직히 필요로 해준다고 생각하면 기뻤다. 몸을 바라는 행위도 부끄러움이나 망설임이 있다고는 해도 어딘가 달콤한 기쁨을 느끼지 않는 바도 아니었다.

그렇지만 역시 어딘가 에서는 떠올릴 수밖에 없었다.

지크프리트가 자신을 필요로 하는 이유는 대체 무엇 때문에?

지크프리트는 아이가 필요 없다고 말했으니까 후계자를 기대하는 것은 아니다.

그렇다고 하면 달리 에르윈에게 할 수 있는 일이란 무엇이 있을까?

아크이라와 벤토스의 화평을 위해?

그렇다면 나는 역시 그저 인질인가?

그렇지 않으면 무언가 다른 이유가 있나?

혹시 다른 누군가 좋아하는 사람이라도 있나? 그 사람과 맺어질 수 없는 운명이라서 나를 대역으로라도 삼았나?

영문 모를 의심만이 머릿속에서 빙글빙글 돌았다.

무엇이 싫은가 하면 이런 일을 혼자서 생각하며 떨떠름해하는 자신이 가장 싫었다.

그렇다고 해서 지크프리트에게 진실을 추궁할 수도 없었다. 지크프리트는 마음속에 있는 문을, 아직 에르윈에게 열어서 보여주지 않으니까.

'그렇다면 나는 전하께 무슨 말을 들어야 납득할까?

이를테면 '사랑한다' 라든가?

그렇게 생각한 후 에르윈은 곧바로 그 생각을 떨쳐 버렸다.

지크프리트는 아내로서 자신을 소중히 여겨주고 있다고 생각했다. 결코, 결코 소홀히 대하지는 않았다.

그렇지만 그것은 지크프리트가 남편으로서의 의무를 다하는 것일 뿐.

분명 '사랑' 이 아니다……

멀리서 무언가가 움직이는 기척을 느꼈다. 이어서 들려온 것은 말발굽 소리.

"마중하러 왔구나."

지크프리트가 일어섰다. 내밀어진 손을 잡고 에르윈도 일어섰다.

몸이 무거웠다. 무릎이 부들부들 떨렸다. 이런 상태에서 말을 타기란 조금 버거웠다. 그 생각을 하자 지크프리트를 원망하고 싶어지지만…….

에르윈은 곁에서 걷는 지크프리트의 기척을 온몸으로 느끼면서 생각했다.

나는 이 사람을 어떻게 생각하는 것일까?

나는 이 사람에게 무엇을 바라는 것일까……?

＊　　　＊　　　＊

가슴속이 술렁거렸다.

무엇이 변한 것도 아닌데 항상 싱숭생숭해서 진정되지 않았다.

같은 곳을 계속해서 빙글빙글 도는 마음속은 지크프리트를 생각하자 한층 더 영문을 알 수 없어졌다.

차라리 더 이상 생각하기를 멈추려고 했지만, 같은 왕궁 안에서 살고 있어서 싫어도 지크프리트의 모습은 눈에 들어왔다. 그 큰 키를, 그 은색 머리카락을 아주 잠시 본 것만으로도 머릿속이 점령당한 듯이 지크프리트로 가득 찼다. 정신을 차리면 지크프리트만을 생각하는 상황이었다.

그러고 보니 최근에는 첫사랑인 남색 눈동자의 남자아이를 떠올리는 일도 줄어들었다.

그렇게나 잊지 않겠다고 맹세했는데.

추억이 옅어지는 만큼 자기 자신도 흐리터분해지는 것만 같아서 두려웠다. 저도 모르게 한숨을 쉬자 클라리사가 웃었다.

"어머, 또 한숨."

"어?"

"오늘의 에르윈은 한숨만 쉬어. 무심코 가르쳐 줄까 생각했을 만큼."

"……그, 그랬던가……?"

얼버무리듯이 웃어 보이기는 했지만, 그런 말을 들어도 별수 없다는 자각은 있었다.

평상시처럼 수도원에 오기는 했지만 바늘을 움직이는 손은 멈추기 일쑤였고, 기분은 딴 데 가 있었다. 클라리사와 일레네가 말을 걸어와도 대답하는 것은 건성일 뿐이었다.

결국 제대로 작업을 진행하지 못했고, 시간은 눈 깜짝할 사이에 지나가 슬슬 태양도 서쪽으로 기울기 시작했다. 이제 왕궁에 돌아갈 시간이었다.

재빠르게 채비를 하고 밖으로 나왔다. 아크이라에 막 왔을 무렵에는 아직 계절의 초입이라서 해질녘이 가까워져

오면 쌀쌀했지만 지금은 바람이 기분 좋았다.

"바람이 좋네."

무심코 바람을 통하듯이 머리카락을 쓸어 올리자, 클라리사가 의미심장하게 웃었다.

"에르윈은 최근에 어쩐지 묘하게 예뻐졌어."

일레네도 끄덕였다.

"아, 나도 그렇게 생각했어."

"뭔가 이렇게 살결도 촉촉해지고, 조금 요염해졌다고나 할까?"

"어? 그, 그래?"

스스로는 전혀 모르겠는데.

"무슨 일 있었어?"

그렇게 묻는 클라리사.

"이를테면 왕태자 전하와."

그 말을 듣고 에르윈은 저도 모르게 얼굴이 새빨개졌다.

지크프리트와의 비밀을 클라리사가 알고 있을 리 없었다. 그런데 어쩐지 꿰뚫어본 기분이 들어서 배겨낼 수 없었다.

"어머, 어머. 에르윈, 새빨개."

"그렇지만……."

"좋겠다. 사랑받는 사람은. 그치, 일레네. 참, 그러고 보니 일레네도 약혼 중이었지."

"우후후, 미안해."

"에엑?! 외로운 사람은 나뿐? 그런 거, 약았어."

세 사람이서 마주 웃으며 수도원 앞 샛길을 걸었다.

조금 거리를 두고 플로리안이 따라온다는 사실은 확인하지 않아도 알았다.

지크프리트와 말을 타고 나갔던 날 이후, 플로리안의 태도가 조금 이상했다. 때때로 무언가 골똘히 생각하는 표정으로 이쪽을 보는 것을 깨달았다.

플로리안은 아마도 지크프리트가 일부러 플로리안 일행으로부터 떨어져 에르윈을 그 시링거 꽃이 흐드러지게 핀 샘으로 데려갔다는 사실을 눈치챈 것이리라.

혹시나 제멋대로 한 행동을 책망하는 것일까.

그렇지 않으면…….

멍해진 사고를 가로막듯이 불쑥 눈앞에 그림자가 드리웠다. 놀라서 시선을 앞으로 돌리자, 온몸이 검정 일색인 키 큰 남자가 에르윈의 눈앞을 가로막고 서 있었다.

언뜻 보기에도 수상한 남자였다. 가죽 장갑, 가죽 장화, 검은 망토의 후드를 깊숙이 눌러쓰고 큰 검을 등에 메고 있었다.

"당신은……!"

언젠가…… 그렇다. 처음 수도원으로 갔던 날 본 남자라고 금방 알아챘다.

그 이후로 그 남자의 기척은 여러 번 가까이서 느꼈다. 이쪽에서 그 모습을 볼 수는 없어도 항상 누군가가 보고 있는 듯한, 그런 느낌이 들었다.

지금, 남자는 주눅 들지 않고 당당하게 그 몸을 에르윈 앞에 드러냈다. 그것이 무언가 남자의 선언처럼 여겨져서 두려웠다.

"오랜만이군, 아가씨."

남자의 얼굴에 느긋한 미소가 떠올랐다.

"기억해 줘서 기뻐."

에르윈은 경계심 잔뜩 갖고 몸을 사렸다.

"당신…… 누구……? 제게 대체 무슨 용건이죠?"

남자는 위축되지 않고 가까이 다가오더니, 고개를 내밀 며 불손한 태도로 에르윈의 얼굴을 들여다보았다.

"뭐야, 겁먹은 표정도 귀엽잖아."

"……윽……."

"못 참겠는걸. 그런 표정을 지으면 지금 당장 범하고 싶 어지는데."

명치 부근에서 쿵 울릴 만큼 쩌렁쩌렁한 목소리. 좋은 목 소리라고 생각했다. 이렇게 야만스러운 말을 위해 쓰는 것 이 아까울 만큼.

에르윈은 더욱 경계심을 높이며 검정 일색의 남자를 노 려보았다.

"그 이상 다가오지 말아요. 당신 같은 분과는 엮이고 싶 지 않아요."

"의외로 기가 세구나."

남자가 코웃음 쳤다.

"그렇지만 그편이 내 취향이야. 저항 하나 하지 않는 여자는 안아도 재미없지."

남자의 손이 뻗어왔다.

"윽······!"

이대로라면 어깨를 잡힌다.

저도 모르게 몸을 굳힌 순간, 바로 눈앞에 반짝하고 무언가가 번뜩였다.

검이었다.

깜짝 놀라 올려다보자 플로리안이 남자와 에르윈 사이에 끼어들어 남자를 냉엄한 눈빛으로 노려보았다.

"그 이상 다가오지 마."

플로리안의 목소리는 여태껏 들어본 적 없을 만큼 험악했다.

"이분은 너 같은 미천한 놈이 건드려도 될 분이 아니야."

튕겨져 나가기라도 하듯 남자가 뒤로 물러섰다.

"칫, 번견이 왔군."

"번견?!"

"오늘은 단순한 인사야. 번견에게 용건은 없어."

"뭐라고?!"

"잘 있어. 다시 만나자고, 예쁜 아가씨."

재빨리 몸을 돌린 남자가 떠나갔다. 가벼운 몸놀림. 넓은 등이 점점 멀어져 갔다.

"칫······. 도망치는 건 정말 빠르군······."

혀를 차면서 플로리안이 검을 집어넣고 에르윈 쪽으로 몸을 돌렸다.

"괜찮아, 에르?"

에르윈은 고개를 흔들흔들 좌우로 내저으며 그 말에 응했다.

"괜찮아."

"아가씨들께서도 괜찮으십니까?"

안심시키려는 듯이 플로리안이 미소를 떠올리자, 에르윈의 뒤에서 떨고 있던 클라리사와 일레네의 얼굴에도 웃음이 돌아왔다.

"감사합니다, 플로리안님."

"역시나 대단해요, 플로리안님."

플로리안을 바라보는 두 사람의…… 특히, 클라리사의 뺨이 발그레 분홍빛으로 물드는 모습에 쓴웃음을 지으면서도 에르윈은 검정 일색의 남자가 사라져 간 쪽을 보았다.

정말이지 야만스러워 보이는 남자였다. 옆에 있기만 해도 그의 몸에 밴 피 냄새가 떠도는 것만 같은.

그런데 어째서일까?

검은 눈동자는 맑았다. 바라보고 있으면 빨려 들어갈 정도로…….

"아는 녀석이야?"

플로리안이 묻자 에르윈은 고개를 저었다.

"아마도 기사겠지. 아크이라의 기사는 아닐까?"

"아크이라에는 많은 기사가 있는 데다 나도 아크이라에 막 온 터라 모두를 만난 적은 없으니 확답은 하지 못하겠지만, 아닐 거라는 느낌이 드는데."

플로리안은 심각한 얼굴로 잠시 생각에 잠겼지만, 천천히 입을 열어 '내 멋대로인 생각일 뿐인데' 하고 전제를 두고 말했다.

"제대로 검을 맞댄 것은 아니니까 명확하게는 모르지만, 그 몸놀림은 남쪽의 느낌이 들어. 이를테면 이그니스라든가⋯⋯."

"⋯⋯이그니스⋯⋯?"

이그니스라면 아크이라와 일촉즉발 상태에 있다고 하는 이웃 나라였다.

아크이라와 이그니스의 사이가 악화된 탓에 아크이라는 벤토스와의 동맹을 바랐고, 이렇게 에르윈이 아크이라에 시집오게 되었다.

"혹시 이그니스의 첩자⋯⋯ 라는 말?"

그렇다면 그 남자는 아크이라의 동향을 캐내러 온 것일까?

"그럴지도 몰라."

그렇게 말하는 플로리안.

"그렇지만 그렇다면 일부러 말을 거는 그런 위험한 행동은 하지 않았으리란 느낌이 들어. 네가 호위 기사를 세 명이나 거느리고 있다는 사실은 그 녀석도 알고 있었을 테니

말이야."

그렇다면 그 남자의 정체는 무엇일까? 대체 어떤 목적이 있어서 자신에게 말을 걸어온 것일까?

어쨌거나 불길한 느낌이 들었다. 저도 모르게 몸을 떨면서 에르윈은 물었다.

"전쟁이…… 일어나는 거야……?"

전쟁. 입에 담기에도 두려운 말이었다. 그러나 플로리안은 가만히 고개를 좌우로 흔들었다.

"몰라. 나는 너를 지키는 게 일이고, 어전 회의에도 불려 간 적이 없으니까."

"그래……."

"나보다 그에게 묻는 편이 좋지 않겠어?"

그?

그 사람은 누구?

일순 되물을 뻔했지만 곧바로 누구인지 깨닫고서 에르윈은 입술을 깨물었다.

플로리안이 지크프리트를 '전하'라고 부르는 때는 별로 없었다. 지크프리트가 플로리안을 흔쾌히 여기지 않는 것처럼, 플로리안 또한 지크프리트에게 적대심 같은 것을 품고 있다는 사실은 알고 있었다.

"들은 바에 따르면."

플로리안이 말을 이었다.

"최종적으로 결정하시는 분은 국왕 폐하이시지만, 회의

의 중심은 그인 모양이야."

"……그렇구나……."

"그는 뛰어난 전략가라는 평판이야. 그뿐만 아니라 검을 들어도 강해. 기사들에게도 신망이 두텁다는 소문이야."

그것이 정말이라면, 혹시 이그니스와 전쟁이 일어났을 때 지크프리트는 분명 전쟁터로 향하게 되리라.

그리고 아까 그 검정 일색의 남자 같은 기사들과 싸우는 것이다.

가슴이 울렁였다.

무언가 좋지 않은 일이 일어나려고 한다.

그런 느낌이 들어서 견딜 수가 없다.

*　　　*　　　*

지크프리트에게 물어봐야지.

그렇게 생각했지만 정작 필요할 때는 지크프리트를 만날 수 없었다.

자세히는 모르겠지만 호수 지방으로 나간 모양이었다. '내일 아침까지는 돌아온다'라고 시녀가 전언을 전해주었다.

호수 지방은 아크이라 왕도의 남동쪽에 위치해 있다. 그곳에서 강을 건너면 이그니스였다. 혹시 이그니스와의 전쟁이 벌어진다면 그곳에 일단 제일의 진이 만들어지게 되리라.

역시 이그니스와의 관계가 악화되고 있는 것일까? 왕태자인 지크프리트가 일부러 나가야만 할 정도로?

좀처럼 잠들지 못해 밤을 지새우고 아침이 와도 침대 옆은 비어 있었다. 불안을 억누를 수 없는 마음으로 옷을 갈아입고 있노라니 옆방에서 사람의 기척이 났다. 침실을 사이에 두고 건너편에 있는 지크프리트의 방 쪽에서였다.

"전하께서 돌아오셨는지도 몰라요. 잠시 상태를 보고 올게요."

에르윈은 몸단장도 하는 둥 마는 둥 하며 지크프리트의 방으로 향했다.

게이트루드는 '경박하다' 라고는 하지 않았다. 어쩌면 에르윈의 불안을 읽어냈을지도 모른다.

"저예요. 들어가도 될까요?"

그렇게 묻자 안에서 종자 한 사람이 방의 칸막이를 열어주었다.

지크프리트는 아직 여행복 차림이었다. 밤새 말을 달려서 돌아왔는지 피곤한 기색이 역력해 보였다.

"어서 오세요, 왕태자 전하."

내밀어진 손을 잡자 그가 끌어안으며 키스해 왔다.

"늦어서 미안해. 이야기가 길어졌어."

"괜찮아요, 그런 건. 지금부터 어쩌실 거예요? 쉬시겠어요?"

"아니, 옷을 갈아입고 미사에 갈 거야. 그다음은 곧바로 폐하가 계신 곳에 보고를 드리러 갈 셈이야."

"알겠어요. 그럼 제가 옷 갈아입는 것을 도와드리겠어요."

에르윈은 그렇게 말하며 지크프리트의 종자들을 물렸다. 보아하니 그들도 여행복을 입고 있었다. 지크프리트를 따라 호수 지방에게 막 돌아온 참이리라. 그들도 조금은 쉬도록 해야 한다.

지크프리트의 어깨에서 망토를 걷어들며 에르윈은 중얼거렸다.

"저…… 도를 넘는 행동을 한 걸까요?"

지크프리트에게 눈짓을 받아 방을 나갔던 종자들의 조금 당황스러운 표정을 떠올렸다. 아마도 양갓집 자식이 수습 기사로서 온 것이리라. 지크프리트나 에르윈보다 꽤 어린 소년도 있었다.

그들이 항상 지크프리트의 신변을 돌봐주겠지만, 젊고 예쁜 시녀가 아니라서 다행이라고 생각하는 한편, 그런 것을 생각하는 자신이 스스로도 이상해 가슴이 근질거렸다.

"우리 왕실은 남자들끼리만 지낸 기간이 길어서 다들 사정을 모르는 것뿐이야."

지크프리트가 왠지 변명처럼 말했다.

"내 어머니께서는 내가 어릴 때 돌아가셨어. 그 이후 왕비는 공석이야. 게다가 본디 어머니는 몸이 건강하신 편이 아니셨고, 이런 식으로 아버지의 수발을 드는 일도 없었으니까."

"저희 쪽에서는 아버지의 신변 돌보기는 될 수 있는 한 어머니가 하셨어요. 그것이 아내의 도리라고 하시며, 시녀나 시종들에게 맡겨두기만 하시지는 않았어요."

"그대는 행복하게 자랐구나."

그 말에 되묻고 싶어졌다.

당신은 다른가요? 행복하지 않았나요?

목구멍까지 올라온 말을 에르윈은 삼켰다. 어째서인지는 모르지만, 물어서는 안 되는 일이라는 느낌이 들었다.

그 대신 입에 담은 말은…….

"앞으로도 제가 당신의 채비를 도와드려도 될까요?"

지크프리트의 물빛 눈동자에서 조금 전 일순 보였던 아득한 눈빛이 사라지고 부드러운 미소가 떠올랐다.

"이 왕궁의 여주인은 그대야. 그대가 하고 싶은 대로 하도록 해."

"여주인? 제가?"

"어머니께서 안 계신 지금, 이곳에서 신분이 가장 높은 여성은 그대 아닌가."

그것은 그렇지만, 그것은 그럴지도 모르지만…….

"그런 일, 생각해 본 적도 없었어요."

"그럼 지금부터 생각해."

아무렇지도 않은 것처럼 시원스럽게 말을 하자 오히려 아무런 말도 할 수 없었다.

이럴 때는 지크프리트와의 거리를 느낄 수밖에 없었다.

지크프리트에게는 아직 비밀이 있다.

진정한 자신을 나에게 보여주지 않고 있다…….

초조함과 망설임과 포기와 안타까움.

온갖 감정이 뒤엉킨 복잡한 마음을 삼키며, 에르윈은 지크프리트가 벗은 상의를 받아 들고 미사에 입고 갈 상의를 건넸다.

지크프리트는 그 옷을 걸치며 물었다.

"그러고 보니 레니스 후작에게서 보고가 올라온 모양인데, 묘한 남자가 집적댔다고?"

"플로리안에게서?"

겨우 하루가 지났을 뿐이다. 지크프리트는 방금 막 돌아왔을 뿐이기에 설마 지크프리트의 귀에까지 도달했으리라고는 생각지 못했다.

"괜찮아요. 플로리안이 쫓아내 주었어요."

"그런가……."

"플로리안은 이그니스 인일지도 모른다고 말했는데……."

지크프리트는 아무것도 답해주지 않았다. 지크프리트의 물빛 눈동자는 자신이 아닌 어딘가 먼 곳을 보고 있었다.

"이그니스와 전쟁이 벌어지나요?"

그렇게 묻자 지크프리트는 작게 고개를 좌우로 내저었다.

"몰라. 이그니스는 상인의 나라야. 남쪽 나라와의 무역으로 높은 이익을 얻고 있어. 전쟁이 벌어지면 상인들도 장사를 할 수 없게 되니, 될 수 있으면 국왕도 피하고 싶은 것이 본심이겠지. 성가신 것은 레오니다스야."

"레오니다스?"

그 사람은 누구?

"이그니스의 장군이야. 지금의 이그니스 군을 이끄는 사람은 레오니다스라고 말해도 과언이 아니지. 전쟁터에서는 검은 말을 달리며 항상 선두에 서서 기사단을 이끌어. 그모습 때문에 '흑(黑)의 장군'이라고도 불려."

"강해요?"

"강해. 사납고 호전적이고 덤으로 교활하지. 누구도 떠올리지 못한 전술로 적을 농락해. 그런 의미에서는 명장이지만, 한편으로 그 녀석만큼 대화가 어울리지 않는 남자도 없어. 얼굴을 보기만 해도 녀석을 베어버리고 싶어지지. 그런 기분이 들게 하는 사내야."

항상 냉정해서 감정을 겉으로 드러내지 않는 지크프리트가 이렇게까지 말하는 이는 대체 어떤 사내일까? 에르윈의 상상이 부풀어 올랐다.

분명 곰처럼 털북숭이에 덩치 큰 사나이일 것이 틀림없어.

"원래는 이그니스의 하급 귀족 출신이라고들 해. 귀족조차 아니라고 하는 자도 있고, 선대 국왕이 남긴 사생아라는 소문도 있어. 요컨대 출신은 수수께끼투성이. 그렇지만 그머리와 실력으로 이그니스의 장군 자리에까지 올라갔어. 얕볼 수 없어…… 얕보아서는 안 될 사내야."

"……그 사람이…… 전하의 적이로군요……."

그런 무서운 남자가…….

저도 모르게 고개를 숙이자 지크프리트가 등 뒤에서 끌어안았다.

"괜찮아. 전쟁이 벌어지지는 않아. 내가 그렇게 두지 않아. 민중의 삶을 지키는 일도 왕태자의 의무니까 말이지."

"전하……."

"어쨌거나 내가 레오니다스의 도발에 져서 검을 뽑는 일이 없도록 기도해 줘."

지크프리트는 등 뒤에서 그대로 에르윈의 뺨에 키스를 했다.

"자, 함께 미사에 갈까?"

"네……."

에르윈은 끄덕이면서 참았던 숨을 내뱉었다.

갑자기 어깨가 무거워진 느낌이 들었다.

지금은 지크프리트의 말을 믿을 수밖에 없었다. 전쟁이 벌어지도록 내버려 두지 않겠다는 지크프리트의 말을.

＊　　　＊　　　＊

미사가 끝나고 에르윈은 지크프리트의 손을 잡고 예배당을 나섰다.

예배당의 어스름에 익숙해진 눈에는 바깥의 빛이 눈부

셨다.

요 근래 청명한 날이 이어지고 있지만 오늘은 특히 좋은 날씨인 듯했다. 한없이 넓은 하늘에는 구름 한 점 없었다. 시야 가득 아주 맑은 푸른 하늘이 펼쳐졌다.

"이런 날에는 그대와 말을 타고 멀리 나가고 싶군."

"그러네요."

에르윈도 끄덕였다.

따스한 햇살에 안겨 기분 좋은 바람을 느끼면서 말을 타고 달리면 필시 좋으리라. 개천가에 적당히 자란 토끼풀을 먹이면 말도 기뻐할 것이 틀림없다.

그렇지만 이 이후에도 지크프리트에게는 해야만 하는 일이 있었다. 밤새 달려서 가지고 돌아온 호수 지방의 정보를 국왕 폐하와 그 측근들에게 보고해야만 했다.

"이런 날에 나갈 수 없다니, 어쩐지 손해 본 기분이야."

"하다못해 산책이라도 하시는 건?"

"함께 갈 수 있으면 좋겠는데."

그렇게 말하더니 지크프리트는 작게 한숨을 쉬었다.

"그대만이라도 다녀와."

"그렇지만……."

"내 대신 나녀와. 그리고 나중에 이야기를 들려줘."

그런 다음 조금 생각하는 듯한 눈빛을 띤 뒤 에르윈의 등 뒤로 시선을 돌렸다.

"레니스 후작…… 아니, 플로리안."

이름을 부르자 플로리안은 조금 놀란 듯이 고개를 들었다.

지크프리트는 플로리안을 가까이로 부르고는 잡고 있던 에르윈의 손을 그에게 넘겨주었다.

"플로리안, 잠시 내 아내를 부탁해."

"예⋯⋯."

"수상한 남자가 또 어슬렁거릴지도 모르니까 너무 멀리는 가지 말도록."

"명심하겠습니다."

그 말만을 남기고 떠나가는 등을, 에르윈은 무언가 이상한 마음으로 배웅했다. 그럴 리는 없는데 지크프리트가 어딘가 멀리 떠나가는 느낌이 들었던 것이다.

떨칠 수 없는 불안함을 품고서 플로리안에게 이끌려 밖으로 나섰다.

정말로 오늘은 좋은 날씨.

푸른 하늘에 눈이 시려 저도 모르게 울음을 터뜨릴 것만 같다.

그대로 왕궁 바로 근처 언덕까지 둘이서 걸었다.

이곳에는 전에 지크프리트와 말을 타고 온 적이 있었다. 그 이후로 그리 시간이 지난 것도 아닌데, 어쩐지 그때의 일은 꽤 오래전의 일 같았다.

고개를 숙인 채 멍하니 생각에 잠기고 있노라니 문득 시선이 느껴졌다. 고개를 들자 플로리안이 무언가 눈부신 것이라도 보는 듯 이쪽을 지그시 보고 있었다.

"요즘 그와 사이가 좋구나."

플로리안이 말했다.

"그럴까."

그렇게 에르윈이 답했다.

"사이가 좋다고 하기엔, 조금 다른 기분이 드는데……."

"그렇지 않아. 처음에는 역시 어색했어. 그가 에르를 필요 이상으로 끈적끈적 만져대는 것도, 그것을 얼버무리려고 하는 행동으로밖에 보이지 않았고."

잠시 철렁했다. 분명 지크프리트와 그렇게 되기 전에는, 원만하지 않다는 사실을 주변에 들키지 않게끔이라든가 뭐라든가 하는 이유를 들어, 지크프리트는 남들 눈이 있는 곳에서는 지나칠 정도로 에르윈과 사이좋은 척을 했다. 그러나 최근에는 그런 일도 사라져서 오히려 소원해진 것은 아닐까 하는 의심이라도 받으면 어쩌나 싶었는데, 설마 플로리안이 꿰뚫어보고 있었을 줄이야…….

"아마도 서로의 존재가 익숙해진 거야."

살짝 변명 같다고는 생각했지만 달리 알맞은 표현을 찾아낼 수 없었다.

벤토스를 위해서, 아크이라를 위해서 왕태자비가 되기로 결심했다. 지크프리트의 아내가 되어 그 팔에 안기기도 했다.

그렇지만 지크프리트와 자신의 관계의 실체는 잘 모른다.

이전처럼 '정말 싫다'고는 생각하지 않았다. 지크프리트는 지크프리트 나름대로 짊어지고 있는 짐이 있다는 사실도 깨달았다.

그렇다 해도 아직 지크프리트와 자신 사이에는 벽이 있다는 느낌이 들었다. '아내'라고 말해주면서 어째서 좀 더 마음을 열어주지 않는 것일까? 역시 정략결혼 상대이기 때문일까?

"나는 말이야, 에르."

플로리안이 불쑥 말을 꺼냈다.

"나는, 그가 나를 '레니스 후작'이라고 부를 때마다 사실은 조금 안심하고 있었어."

"안심?"

그것은 에르윈에게 있어서는 의외인 말이었다. 에르윈이 되묻자 플로리안은 고지식한 표정을 지으며 끄덕였다.

"그가 내 이름을 부르지 않는 이유는, 그가 나를 두려워하기 때문이라는 걸 알았어. 그가 나를 위협적이라 느낀다고 생각할 때마다 나는 은근히 우월감에 젖었어."

"전하가? 플로리안을 두려워해? 어째서?"

"그런 거, 뻔하지. 내가 네 소꿉친구이기 때문이야."

에르윈은 플로리안이 하는 말을 이해할 수 없었다. 지그시 플로리안의 갈색 눈동자를 올려다보자, 플로리안은 눈길을 조금 떨궈 에르윈의 시선을 피했다.

"그렇지만 말이야, 에르, 그는 오늘 나를 '레니스 후작'이 아니라 '플로리안'이라고 불렀잖아."

"그랬지."

분명 에르윈도 지크프리트가 플로리안을 '레니스 후작'이 아니라 '플로리안'이라고 부르는 소리는 처음 들었다.

"그에게 있어서 내가 '레니스 후작'이 아니라 '플로리안'이 된 이유는, 그가 더 이상 나 따위는 적이 아니라고 생각했기 때문이 아닐까. 그만큼 자신이 에르윈의 마음을 쥐고 있다고 느꼈기 때문이 아닐까."

"플로리안."

"어쩐지 엄청난 패배감이 들어. 새삼스럽게 나는 그의 적도 될 수 없었다고 뼈저리게 깨달은 듯한 느낌이 들어."

그 목소리는 너무나도 큰 타격을 입은 듯해, 에르윈은 소꿉친구의 초췌한 모습에 가슴이 아파왔다. 어떻게 해서든 위로해주고 싶어서 플로리안의 갈색 눈동자를 들여다보았다.

"그렇지 않아. 플로리안은 전하보다 훨씬 성실하고, 심술궂지 않고, 항상 다정하고."

"에르……."

"머리도 좋고, 침착하고, 검술도 승마도 전하께 뒤지지 않아. 클라리사와 일레네 역시 항상 플로리안을 멋지다고 말해. 그러니 그런 말로 자신을 비하할 필요 없어. 그런 모습, 플로리안답지 않아."

떠들어대듯이 단숨에 그렇게 말한 에르윈의 얼굴을, 플로리안의 갈색 눈동자는 조금 쓸쓸하게 바라보았다.

"그렇다 해도 너는 이미 그의 것이지?"

"아……."

"최근 너희들 사이에는 무언가 다른 사람이 끼어들 수 없는 분위기가 감돌아. 서로가 서로를 이해하고 신뢰하는 유대감 같은 것이 느껴져."

"……."

"내가 파고들 틈 따위는 손톱만큼도 없는 것 같아. 그렇지 않으면, 처음부터 그런 틈은 없었던 걸까?"

무어라 대답해야 좋을지 모르겠다. 대답할 말을 찾을 수 없었다.

저도 모르게 입을 다물자 플로리안이 이번에는 똑바로 에르윈을 바라보며 한 마디 한 마디 되새기듯이 말했다.

"에르, 나는 줄곧 너를 좋아했어."

"플로리안……."

"너에게는 달리 좋아하는 사람이 있다는 사실은 알았지만, 그렇지만 언젠가 돌아봐 주지 않을까, 언젠가 내 마음을 눈치채 주지는 않을까 하고 줄곧 기다렸어. 설마 이렇게 너를 잃게 되리라고는 생각하지 않았어. 이렇게 줄 알았다면 좀 더 빨리 너를 차지해 버렸으면 좋았을 거야."

그 말을 듣고 처음으로 깨달았다. 사실 플로리안의 그런 마음을, 자신은 눈치채고 있었을지도 몰랐다. 눈치채고서도 일부러 모르는 체했다. 플로리안의 마음을 받아들이기가 두려워서 도망치고 있었다.

"미안해…… 나……."

"사과하지 마."

플로리안은 미소 지었다.

"사과하면 더 처량해지잖아."

"그렇지만……."

"괜찮아. 무슨 일이 있어도 나는 에르윈의 소꿉친구야. 지금까지도 앞으로도 그 사실은 하나도 변하지 않아."

플로리안의 다정함에 가슴이 쓰라렸다. 견딜 수 없어서 고개를 숙이자 살짝 머리를 쓰다듬어 주었다.

자그마했던 어린 시절, 혼나서 고개를 숙이고 있으면 플로리안이 항상 이런 식으로 머리를 쓰다듬어 주었던가.

어째서 그 시절 그대로 있을 수 없는 것일까? 플로리안과 강아지처럼 이리저리 뒹굴며 놀던 자신도, 첫사랑 소년과 맺어질 날을 꿈꾸던 자신도, 대체 어디로 가버린 것일까?

"에르, 왕태자 전하와 행복해져야 해."

"……그래야지……."

"왕태자 전하가 무언가 부정한 일이라도 하면 내게 말해. 내가 왕태자 전하를 혼내줄 테니까."

"바보구나."

일순 아무런 근심 없이 소꿉친구와 지낼 수 있었던 시절의 자신들로 돌아간 기분이 들었다. 그렇지만 그런 것은 착각이다.

누구나, 언제까지고 어린아이로는 있을 수 없다.

5장

날이 밝았다.

방울이 울리며 일어날 시각을 알렸다.

옆에는 아무도 없었다. 지크프리트는 어젯밤도 돌아오지 않았던 것이다.

어딘가 얼어붙은 듯한 기분이 드는 침대에서 내려와, 시녀들의 손을 빌려 몸단장을 하고 혼자서 미사에 임했다.

지크프리트는 오늘은 미사에는 올까? 오면 얼굴을 볼 수도 있었지만, 사나흘 연이어 오지 않은 적도 있었다. 그런 때는 어딘가 멀리 나갔으리라고 생각할 따름이었다.

처음에는 들려주었던 행선지도 귀환 예정도 어느새 알려주지 않게 된 이유는, 아마도 그것을 지크프리트도 모르게 되었기 때문이리라.

역시 전쟁이 일어나는 것일까? 그만큼 이그니스와의 대립은 심각한가?

'아니야, 괜찮아.'

그 때문에 자신은 아크이라에 온 것이다. 벤토스와 아크이라의 동맹은 전쟁을 향해 나아가는 것을 이그니스에게 조금은 망설이게 만들 터.

게다가 전쟁이 벌어지게 내버려 두지 않는다고 지크프리트는 말했다.

지금은 그 말을 믿는 수밖에 없었다.

평소보다 몇 배, 몇 십 배 열심히 기도를 한 뒤 에르윈은 예배당을 나섰다. 점심 식사를 마치고 자수라도 놓을까 싶어 바늘을 쥐었지만 손에 잡히지 않았다. 술렁술렁 두근거리는 가슴을 진정시키려고 향한 곳은 마구간이었다.

결국 지크프리트는 미사에 모습을 드러내지 않았다. 아마 오늘도 국왕의 대리인으로서 각지를 뛰어다니고 있으리라.

이그니스의 동향을 캐내기 위해서도, 아크이라 제후들과의 결속을 다지기 위해서도 그것이 필요하고 정말로 중요한 일이라는 사실을 알고는 있지만, 지크프리트가 없는 것은 조금 쓸쓸한 기분이 들게 했다.

무언가 도움이 되는 일이 있다면 좋겠지만, 여자인 자신이 할 수 있는 일이라고는 지크프리트의 무사함을 기도하며 그 귀환을 기다리는 것뿐.

차라리 따라갈 수 있다면 좋겠다고 생각했다.

자신은 말을 탈 수 있었다. 며칠이나 걸리는 긴 여행에도 걸림돌이 되지 않을 자신은 있었다. 기다리기는 괴로웠다. 아무것도 할 수 없는 자신이 안타까웠다.

"괜한 생각이겠지……."

그런 일, 할 수 있을 리 없는데.

자신 스스로를 조소하면서 에르윈은 아르붐의 흰 갈기를 쓰다듬어 주었다.

마찬가지로 마구간에는 하얀 털을 지닌 닉스의 모습도 없었다.

다음번 지크프리트와 느긋하게 지낼 시간이 있으면 그때는 이야기해 보도록 하자.

예전에 자신이 정말 좋아했던 말도 '닉스(눈)'이라는 이름이었는데, 그 말 역시 눈처럼 새하얀 백마였다는 사실. 첫사랑인 남색 눈동자의 소년과 만났을 때도 그 닉스를 타고 있었다는 사실.

하잘것없는 일이지만 지크프리트에게 전하고 싶은 마음이 들었다. 곁에서 그 이야기를 들어주었으면 하고 생각했다.

'전하를 만나고 싶어…….'

어쩐지 가슴이 죄어들었다.

이런 기분은, 지금껏 모르던 감정이다…….

갑자기 밖에서 무언가 커다란 소리가 났다. 지금까지 들어본 적 없는, 격한 충격을 동반한 소리였다.

"상황을 보고 올게. 에르는 여기에 있어."

그 말만을 남기고 플로리안이 뛰쳐나갔다.

마구간 입구에서 밖을 살피자, 소리가 난 쪽에서 검은 연기가 피어오르는 것이 보였다.

화재일까? 누군가 모닥불이라도 피웠는데 마른 풀에라도 번졌다던가?

그렇지만 그런 것치고는 엄청난 소리였다. 에르윈은 전쟁이라는 것을 경험해 본 적이 없지만, 많은 병사와 병사가 맞부딪치면 이런 식으로 시끄러운 소리를 내는 것일지도 모른다.

불길한 기분을 억누르지 못한 채 아르붐 곁으로 돌아왔다.

커다란 소리에 놀랐으리라. 아르붐은 조급하게 꼬리를 좌우로 흔들고 발을 구르며 머리를 크게 좌우로 움직였다.

"왜 그러니, 아르붐?"

에르윈은 아르붐을 달래려고 그 흰 털을 부드럽게 쓰다듬었다.

"괜찮아. 진정해. 무섭지 않아. 무서워하시 마."

속삭이면서 살짝 따스한 말의 몸에 뺨을 가져다대었다.

아르붐은 아직 진정되지 않았다. 무언가 경계하는 듯이 이를 드러냈다.

"아르봄?"

어쩐지 상태가 이상했다. 불안한 기분이 들어 주변을 둘러보려고 한 그 순간, 선뜩 차가운 감촉이 목가에 바싹 다가왔다.

깜짝 놀라서 뒤로 도망치려고 하자, 무언가에 등이 부딪쳐서 도망갈 길을 잃었다. 휘청거리는 몸을 등 뒤에서 푹 덮듯이 구속당했다.

눈앞에 번뜩인 물체는 잘 벼려진 칼.

"움직이지 마."

억눌린 목소리가 귓가를 속삭였다.

"섣불리 움직이면 위험하다고, 아가씨."

웃음을 머금은 남자의 목소리. 놀리는 듯한 말투와는 반대로, 그 음성은 위험한 기색으로 가득 차 있었다.

"……누구?"

몸을 굳히며 에르윈은 추궁했다.

"대체 목적이 뭐죠?"

수수께끼의 남자는 자못 우스운 듯 쿡쿡 웃음을 흘리며, 에르윈의 귀에 속삭임을 불어넣었다.

"뭐야, 나를 잊어버렸나?"

마치 밀어처럼 속삭임은 달콤했다. 그런데도 등줄기가 오싹해졌다.

"박정하구나. 약속했잖아. 다시 만나자고."

"누가, 당신과 약속 따위를……."

말하는 도중 문득 떠올랐다.

분명 누군가에게 그런 말을 들은 적이 있었다.

"잘 있어. 다시 만나자, 예쁜 아가씨."

기억 속에서, 뻔뻔한 목소리가 되살아났다.

"당신…… 설마 그때의……."

눈앞의 칼이 내려갔다. 대신 팔과 허리를 붙잡혀 억지로 몸의 방향이 바뀌었다.

저도 모르게 올려다보자 무언가 재미있어 하고 있는 검은 눈동자와 시선이 부딪쳤다.

검은 머리카락. 검은 눈동자. 검은 망토.

틀림없었다. 이전, 길에서 얽혔던 그 야만스러운 남자였다.

이렇게 가슴과 가슴이 맞닿을 정도의 거리에 있으니 잘 알겠다. 지크프리트보다 더욱 키가 크고, 그 어깨도 가슴도 팔도 등에 멘 커다란 검을 휘두르는 데에 어울리게 우람했다.

"뭐야, 제대로 기억하고 있잖아."

남자의 얼굴이 씨익 웃음으로 파였다.

"잊어버린 줄 알고, 은근히 상처 입었다고."

"놔줘요."

에르윈은 검정 일색의 남자의 얼굴을 노려보았다.

"놓아주세요. 사람을 부르겠어요."

"불러보시지."

남자가 능청을 부렸다.

"그렇지만 아무도 오지 않는다고. 다들 내가 설치한 화약에 정신이 팔려서, 네 목소리 따위는 들리지 않아."

"화약……?"

"유황과 초석과 숯을 섞은 거야."

"……."

"동방에서 들여왔어. 간단하게 불이 붙어서 단숨에 불타올라 주변의 것을 엄청난 힘으로 날려 버리지. 건물도, 말도, 사람도 말이야."

남자의 말에 섬뜩해졌다.

그 화약이라는 물건을 남자가 무엇을 위해 쓸 셈인지, 듣지 않아도 알 것 같았다. 아마도 전쟁을 위해서일 것이다. 그것이 남자가 말한 대로의 무서운 물건이라고 하면, 분명 전쟁터에서 많은 기사들의 생명을 빼앗을 것이 틀림없다. 에르윈은 떨리는 목소리로 물었다.

"당신은 이그니스의 첩자인가요?"

남자가 웃었다.

"그건 조금 다르다는 생각도 드는데 말이야."

"뭐예요. 정직하게 말하세요."

남자의 눈동자에서 요사스러운 빛이 타올랐다.

"그럼 자신의 눈으로 확인해 봐, 왕태자비 전하."

알고 있다!

'이 남자, 내가 왕태자비라는 것을 알고 접근해 온 거야!'

그때도, 지금도.

에르윈은 큰 소리로 누군가를 부르려고 했다. 그러나 남자는 그 커다란 손으로 재빠르게 에르윈의 입가를 막아버렸다. 작은 소리조차 내지 못해 몸을 비틀며 남자의 팔에서 빠져나오려고 한 그 순간, 명치에서 충격을 느꼈다.

그대로 에르윈은 의식을 잃었다.

*　　　*　　　*

남색 눈동자가 이쪽을 바라본다.

책방하는 것처럼. 살펴보는 것처럼. 호소하는 것처럼.

그 눈빛은 맑아서 얼마나 깊은지 모른다.

미안해.

중얼거림은 목소리로 나오지 않았다.

희미하게 입술이 떨렸을 뿐.

미안해.

그를 좋아한다고 생각하는 마음은 지금도 전혀 변하지 않았다. 그런데도 조금씩 그를 떠올리지 않게 되어갔다. 마음속에서 그가 차지하는 비중이 작아져 갔다.

"괜찮아."

물빛 눈동자가 다정하게 미소 짓는다.

"그걸로 괜찮아."

정신이 들자 남색 눈동자를 지닌 소년은 어느새 지크프
리트의 모습이 되어 있었다.

갑작스럽게 깨달았다.

어쩌지?

나, 지크프리트를 좋아해…….

"아……."

눈꺼풀 위에서 깜빡깜빡 빛이 흔들리고 있었다.

깊은 잠의 밑바닥에서 단숨에 끌어올려져 에르윈은 눈을
깜박였다.

꿈?

꿈이었나.

아직 가슴이 두근거렸다.

꿈속의 자신은 자신이자 자신이 아닌 것만 같아서. 꿈속
에서는 뚜렷했던 감정도 눈을 뜨니 어딘가 애매해서.

'좋아해……?'

지크프리트를 좋아해?

그건 어찌 된 일이지?

심하게 동요하는 가슴을 누르려고 한 그때, 에르윈은 자

신이 팔을 움직일 수 없다는 사실을 깨달았다.

양쪽 손목은 뒤에서 하나로 묶여 구속되어 있었다. 양발도 마찬가지. 발목에서 무릎 위까지, 마치 짐처럼 빙글빙글 감겨 묶여 있었다.

몸 아래는 지면이었다. 두꺼운 모직물 같은 것이 깔려 있어서 땅의 습기와 냉기를 막아주고는 있었지만, 그렇다고 해서 안심할 수 있을 리 없었다.

'여기는…… 어디……?'

에르윈은 어리둥절해서 주변을 둘러보았다.

건물 안은 아니었다.

머리 위를 덮고 있는 것은 울창하게 우거진 커다란 나뭇가지. 그 틈새로 보이는 짙은 감색 하늘에는 별이 빛나고 있었다.

전해져 오는 열기와 나무가 타는 냄새로 바로 근처에서 누군가가 모닥불을 피우고 있다는 것을 알았다. 때때로 흔들리는 불꽃이 만드는 명암이 에르윈의 각성을 재촉한 것이리라.

'나…… 어떻게 된 거지…….'

아침에 일어나서 미사에 갔던 것은 기억했다. 지크프리트는 오늘도 미사에 나타나지 않자 왠지 쓸쓸한 기분이 들어 기분 전환을 하려고 마구간에 갔었다.

마구간에서는 아르붐이 흥분해서…… 아니, 흥분하게 된 이유는 커다란 소리가 났기 때문이었다.

커다란 소리. 그랬다. 화약이라고 했던가? 간단하게 불이 붙어서 건물도, 말도, 사람도 날려 버린다고 하는 무서운 물건. 전쟁에서 쓰면 많은 기사들을 단번에 죽음에 이르게 할지도 모르는 물건.

그 이야기를 한 사람은…….

기억 속에서 검은 눈동자가 떠올랐다. 냉철함과 정열. 교활함과 치기. 상반되는 것을 전부 함께 뒤섞어 난폭하게 우겨넣은 것만 같은 눈빛.

혼란스러웠던 기억이 일제히 원래의 형태로 정렬했다.

'그래…… 나…….'

납치당했다. 그 검정 일색인 수상한 남자에게.

"……힉……."

그 순간 공포가 되살아나 작게 비명을 지르자, 갑자기 머리 위에서 목소리가 쏟아졌다.

"깨어났나."

잊을 수도 없는 뻔뻔스러운 목소리. 상대를 깔보며 비웃는 말투.

얼굴을 보지 않아도 알았다. 그 남자였다. 이그니스의 첩자일지도 모르는 검정 일색인 남자.

무섭고 무서워서 고동이 빨라졌다. 숨이 얕아져서 가슴이 답답했다. 공포에 억눌릴 것만 같은 스스로를 간신히 북돋으며 에르윈은 굳은 입술을 열었다.

"돌려보내 줘요. 지금 당장 포박을 풀고 나를 자유롭게 해줘요."

그 말과 함께 한껏 노려보았지만 남자는 코웃음을 쳤다.

"제법 위세가 좋구만."

"······윽······."

"그 꼴로 잘도 그런 소리를 하는구나."

처음부터 그렇게 간단하게 자신의 말을 들어주리라고는 생각하지 않았지만, 비웃는 듯한 말에 마음이 꺾일 것 같았다.

"당신······ 정체가 뭐예요······?"

에르윈이 떨면서 물었다.

"당신, 이그니스 인이죠? 첩자가 아니라면 뭐죠? 도적? 저를 어쩔 셈이에요······?"

"도적이라."

남자가 소리 내어 웃었다.

"똑같이 살금살금 하는 일이라도 첩자보다는 그쪽이 재미있겠군. 이렇게 여자도 훔칠 수 있고."

"놀리지 말아요."

"놀리는 거 아니야. 나는 재미있는 게 좋아. 인생은 즐기는 사람이 이기는 거니까. 그렇지?"

남자의 검은 눈동자에 아이 같은 빛이 떠올랐다.

에르윈은 입을 꾹 다물었다. 남자의 야만스러움과 정반대인 순수함에 할 말을 잃었다.

입술을 깨무는 에르윈을 보며 만족스럽게 미소 지은 남자는 천천히 입을 열었다.

"나는 레오니다스."

"……레오니다스……?"

"레오라고 불러. 너는 마음에 들었으니까 그렇게 부르는 것을 허락하지."

레오니다스. 어디선가 들어본 이름이었다. 그리 오래전의 일이 아니었다. 분명 그 이름을 입에 담은 사람은 지크프리트였을 터. 그렇다. 그것은 이그니스와 전쟁이 벌어지느냐고 물었을 때의 일.

"레오니다스……. 설마 이그니스의 흑의 장군……."

"뭐야, 알고 있잖아."

남자의 검은 눈동자가 가늘어졌다.

"헤에, 나도 제법 유명하구나. 아크이라의 왕태자비님에게까지 내 용맹한 이름을 떨쳤다니 감격이야."

남자의 목소리는 즐거워 보였지만 그만큼 에르윈의 가슴은 싸늘하게 식어갔다.

믿을 수 없었다. 이그니스 전군을 이끈다고 하는 장군이 단신으로 적국 아크이라의 왕궁 안까지 숨어 들어오다니.

정말로 대담한 사내였다. 그러나 그렇기에 낮은 신분에서 장군까지 출세할 수 있었을지도 모른다.

새삼 만만치 않은 남자라고 생각했다.

'이 남자가 전하의 적…….'

두려운 예감이 가슴속을 서서히 침식해 갔다. 에르윈은 굳어진 목에서 말을 밀어내었다.

"나…… 죽일 거예요……?"

그러나 레오니다스는 씨익 웃으며 능청을 떨었다.

"죽이지 않아. 죽일 거라면 그 자리에서 죽였지. 납치 같은 번거로운 짓은 하지 않는다니까."

그렇다면 어째서 그런 번거로운 일을 했을까?

'혹시 인질로 삼기 위해……?'

에르윈은 레오니다스에게서 눈을 돌리며 씁쓸한 목소리로 내뱉었다.

"저를 인질로 삼아 아크이라와의 교섭을 유리하게 진행시키려 할 셈이라면 소용없어요. 저에게는 그런 가치가 없는걸요."

"호오, 어째서?"

"당신 쪽이 잘 아시지 않나요? 저는 이미 인질인걸요. 여차하면 아크이라는 저를 버리겠지요."

그것은 너무나 비참한 현실이었다. 어차피 자신은 사정상 정치적으로 여기저기 멋대로 움직이는 말에 지나지 않았다. 필요 없어지면 잊힌다. 그뿐인 존재였다.

"아크이라는 그렇다 쳐도 지크프리트는 어떨까?"

레오니다스가 말했다.

"그 녀석은 자기 여자를 빼앗기고 가만히 있을 남자가 아니지. 절대로."

난데없이 지크프리트의 이름이 나오자 가슴속이 지끈 쑤셨다.

"그 사람은……."

목소리가 떨렸다.

"전하와는 정략결혼인걸요."

지크프리트는 자신을 아내로서 대하려고 노력해 주었다고 생각한다. 심술궂거나 이해 불능인 부분도 있기는 했지만, 때때로 보여주었던 다정함은 진짜였다.

그래도 지크프리트와는 아직도 넘을 수 없는 무언가가 있었다. 그의 마음속의 가장 깊은 곳에 아직 들어가는 것을 허락받지 못했다.

자신은 보여주었는데. 숨김없이 지크프리트의 눈앞에 소상히 밝혔는데.

그렇게 생각하자 서글퍼졌다. 역시 자신은 지크프리트의 진짜 아내는 될 수 없는 것이다. 좋아하게 되어도 괴로울 뿐…….

문득 무언가 깨달은 것 같은 기분이 들었다.

'아아, 그런가…….'

역시 나는 어느새 그 사람을 좋아하게 되었구나.

남편으로서, 남자로서 지크프리트를 사랑하기 시작했다.

그렇지만 지크프리트의 마음을 몰라서, 분명 자신이 사랑하는 만큼은 사랑받지 못하리라고 생각하자 애달파서 그 마음을 외면했다. 눈치채지 못한 척하는 것으로 자신의 마음을 지켜왔다.

절망이 치밀어 올랐다.

예전, 그 남색 눈동자의 남자아이를 좋아하게 되었을 때는 이런 마음이 들지 않았다. 그를 생각하면 언제나 울렁거리고 두근거려서 행복했는데, 지크프리트를 생각하면 가슴이 쓰리고 아려서 참을 수 없었다.

이것도 벌인 것일까? 벤토스가 어찌 되든 그 남색 눈동자의 남자아이를 계속 기다렸다면 일이 이렇게 되지는 않았을까?

그렇지만 어찌하면 좋았을까?

아버지와 어머니와 오빠와 언니, 그리고 벤토스에 사는 모두를 지킬 수 있는 사람은 너뿐이라는 말을 듣고 어떻게 거절할 수 있었을까?

"지크프리트와 사이가 좋지 않나."

고개를 숙인 에르윈을 내려다보며 레오니다스가 말했다.

"당신과는 관계없잖아요."

대꾸해 주었지만 레오니다스는 아랑곳하지 않고 에르윈의 얼굴을 들여다보려고 몸을 들이밀었다.

"헤에, 그러냐. 지크프리트는 너를 만족시켜 주지 않나? 어떤 미녀도 맨발로 도망친다고 소문날 만큼의 절색인 미남도 그쪽은 전혀 쌍이란 말인가."

"……."

"뭐야, 시시한 남자로구만. 나는 내 침실에서 수청 드는 여자를 실망시킨 적은 한 번도 없다고."

"지크프리트는 시시한 남자가 아니에요!"

나 역시 그에게 실망한 적은 한 번도 없는걸!!

저도 모르게 대꾸할 뻔해서 에르윈은 황급히 입을 다물었다.

침실에서의 그가 얼마만큼 정열적인지, 그의 속삭임이 얼마만큼 달콤한지, 그리고 그의 손끝이 얼마만큼 자신의 몸을 음란하게 녹이는지 같은 그런 부끄러운 내용을 말할 수 있을 리 없었다. 그러나 레오니다스는 집요했다.

"헤에…… 고작 정략결혼 상대를 그런 식으로 감싸는구만?"

"……저는, 감싸지는……."

"그럼 실은 녀석에게 적당히 귀여움을 받고 있다던가?"

저도 모르게 뺨이 확 달아올랐다. 그것을 감추려고 고개를 휙 돌리자, 강한 힘으로 되돌려졌다. 그대로 넓은 가슴에 끌어 안겨졌다.

"관계 있어."

속삭임이 귀에 닿았다.

"순진한 처녀도 나쁘지 않지만 농익은 유부녀의 맛은 또 각별하니까 말이지. 덤으로 그것이 그 점잔 빼는 왕자님에 열중하는 여자라면 더욱더 맛보고 싶어지게 마련이잖아."

"이 야만인!"

"야만인으로 충분해. 고상한 체하고 있으면 이 세상 속 무엇 하나 손에 넣을 수 없어. 나는 원하는 것을 손에 넣기 위해서는 수단을 가리지 않기로 해서 말이지."

섬뜩했다.

레오니다스의 칠흑의 눈동자는 번뜩이는 열기로 타오르고 있었다. 눈빛만으로 능욕당한 기분이 들 정도로.

별빛에 칼이 번쩍였다. 양발을 묶어놓았던 밧줄이 부드럽고 얇은 비단이라도 찢듯이 북북 잘렸다. 간신히 양발이 자유로워졌다고 생각할 틈도 없이, 남자의 강한 힘에 의해 다리가 벌어지더니 밑에 깔렸다.

"내 것이 되어라."

뜨거운 숨결이 귓불을 태웠다.

"내 여자가 돼. 그렇게 하면 내가 벤토스를 지켜주지."

"……벤토스를……?"

"아아, 아크이라가 너를 버린다면 내가 너를 주워주지. 너를 버린 아크이라를 멸망시키고, 너를 아크이라로부터 자유롭게 만들어주겠어."

그 말은 언뜻 보기에 매력적인 제안이었다. 아크이라로 시집와서 얼마 되지 않았을 무렵의 자신이었다면 끄덕였을지도 모른다. 벤토스를 지킬 수 있다면 상대는 아크이라든지 이그니스든지 상관없다고, 그런 식으로 생각하며.

그렇지만 지금은…….

"싫어요."

에르윈은 딱 잘라 거절했다.

"아크이라를 멸망시킨 뒤 당신이 벤토스를 침공하지 않

으리라는 보증이 없는걸요."

지크프리트는 레오니다스에 대해 '호전적'이라고 평했고, 그 말을 듣지 않아도 레오니다스가 얼마나 야만스럽고 위험한 남자인지 알았다.

이 남자는 섣부르게 신용할 수 없었다. 신용해서는 안 된다.

"게다가 저, 더 이상은 싫어요."

무언가가 북받쳐 올랐다. 아크이라의 왕태자비가 되라는 말을 들은 순간부터 가슴속 밑바닥에 쌓여 있던 울분이 슬며시 떠올랐다.

"누군가에게 이용당하는 삶은 싫어요. 설령 벤토스를 위해서라고 해도 스스로 생각하고 스스로 결정하겠어요. 인질이라면 인질로서, 가슴을 펴고 인질이 되고 싶어요."

레오니다스가 웃었다.

"너, 바보 같은 여자로구나."

"……쓸데없는 참견이에요."

"그렇지만 재미있는 여자야."

레오니다스의 칠흑의 눈동자에 떠오른 웃음이 문득 깊어졌다. 이렇게 거칠고 야만스러운 남자인데, 그 눈동자는 희미한 더러움조차 없이 깨끗했다.

"알겠어. 그럼 가슴을 펴고 내 여자가 되어라."

"뭐라고요?!"

"너 같은 여자는 지크프리트같이 점잔 빼는 사내에게는 아까워. 너에게 어울리는 사람은 나야."

레오니다스의 손이 드레스 소매에서 안으로 들어왔다. 어떻게 해서든 거부하려고 해보았지만 양손은 뒤로 묶여 있는 상태인 데다 강한 힘으로 억눌려서 몸부림칠 수도 없었다.

"싫어요! 그만둬요!"

유일하게 움직일 수 있는 입으로 최소한의 저항을 시도해 본다.

"제 얘기를 듣지 않았나요? 저, 당신의 여자가 되겠다고는 한마디도 안 했어요."

그러나 레오니다스는 아랑곳하지 않았다.

"한 번이라도 내게 안기면, 스스로 내 여자가 되고 싶다고들 말하지."

"내단한 자신감이네요."

"네 쪽이야말로 대단한 자신감이로군. 내게 더럽혀진 몸으로 지크프리트에게 돌아갈 셈인가?"

"아……."

"그렇다 해도 뭐, 돌려보내지 않겠지만 말이야. 나는 한 번 얻은 것은 놓지 않는 주의야. 내가 질릴 때까지는 말이지."

뜨거운 손바닥이 허벅지를 타고 올라왔다.

공포로 몸이 움츠러들었다.

그의 말대로 레오니다스는 여자를 안는 데 익숙한 모양이었다. 그 손은 크고 거친데 손끝의 움직임은 섬세하고 막

힘없어, 어떻게 하면 여자를 기쁘게 할 수 있는지 잘 아는 듯했다.

등이 쭈뼛쭈뼛 했다. 그것이 열인지 한기인지 에르윈도 몰랐다. 그저, 견딜 수 없을 만큼 기분을 들볶아갔다.

"싫어…… 이제 그만해요……."

항의는 가냘팠다.

"부탁이에요……. 용서해 줘요……."

"레오라 부르라고 했잖아."

그렇게 속삭이는 레오니다스의 목소리는 그 야만스러운 남자의 것이라고는 상상할 수 없을 정도로 뜨겁고 달콤했다.

"사실은 외로웠지? 불쌍한 에르윈."

"……."

"내가 너를 사랑해 줄게. 너를 위로해 줄게. 네 마음도, 몸도 바로 내가 실컷 채워주지."

이제 끝났다고 생각했다.

레오니다스는 진심이다. 여기서 이대로 범해진다.

이제 두 번 다시 지크프리트에게로는 돌아갈 수 없다.

간신히 지크프리트를 사랑한다고 깨달았는데, 지크프리트의 얼굴을 볼 수도 없다.

좀 더 좀 더 깊게 그에 대해서 알고 싶었다. 그 마음속 밑바닥에 있는 것에 닿고 싶었다.

설령 지크프리트가 자신을 사랑해 주지 않는다 해도.

"……지크프리트……."

눈물이 흘렀다.

바로 그때…… 갑자기 슝 바람이 울리는 기분이 들었다.

레오니다스가 옆에 있던 검을 쥐고 크게 휘둘러 올렸다. 메마른 소리를 내며 무언가가 땅 위로 떨어졌다.

화살이었다. 어디에선가 쏘아진 화살이 레오니다스의 검에 튕겨져 나가 반으로 쪼개져 구르고 있었다.

"거기까지다."

가슴에 사무칠 정도로 그리운 목소리가 주변에 울려 퍼졌다.

불편한 몸을 간신히 움직여 목소리가 난 쪽을 보자 물빛 눈동자와 시선이 부딪혔다.

"지크…… 지크프리트……!"

정신이 들자 외치고 있었다. 지크프리트를, 바라듯이, 연모하듯이.

지크프리트의 물빛 눈동자에 미소가 떠올랐다. '괜찮아'라고 말하는 느낌이 들어 그것만으로도 가슴 가득히 안도감이 퍼졌다.

지크프리트는 에르윈에게서 레오니다스로 시선을 옮기자마자 눈을 험악하게 뜨고는 레오니다스에게 차가운 목소리를 퍼부었다.

"그 더러운 손으로 내 아내를 만지는 것은 사양하고 싶군, 이그니스의 흑의 장군."

분한 듯이 이를 갈면서 레오니다스가 내뱉었다.

"꽤나 빠른 행차시구만, 왕태자 전하. 대체 무슨 마법을 쓴 거지?"

그 말에 지크프리트는 느긋하게 웃었다.

"네 덕분이야, 흑의 장군."

"무슨 소리냐?"

"네가 도망칠 때 탄 말, 그건 내 아내가 벤토스에서 데려온 거야. 그 말은 벤토스제 편자를 박아서 아크이라의 말발자국과는 간단히 구분할 수 있어. 너는 나를 위해 표시를 남겨둔 셈이지. 실수했군, 장군."

시선을 굴리자 조금 떨어진 곳에 아르붐이 매어져 있었다. 그리고 아르붐의 바로 옆에는 플로리안이.

벤토스의 말에 익숙한 플로리안이라면 아르붐의 발자국을 더듬는 것은 그리 어려운 일은 아니었으리라.

기뻤다. 도우러 와주었다. 그것도 지크프리트와 플로리안이 함께. 이보다 든든한 일은 없다. 지크프리트는 선언하듯이 말했다.

"자, 내 아내를 돌려받을까."

레오니다스가 검은색의 검집에서 검을 쑥 뽑아 들었다.

"돌려받고 싶으면 나를 쓰러뜨리고 빼앗아보시지."

"처음부터 그럴 셈이었어."

지크프리트도 손에 든 활을 던져 버리고 검을 겨누었다.

"마침 잘됐군. 렉터의 전투에서 진 빚을 돌려받도록 하지. 그때는 너에게 우수한 부하를 다섯이나 잃었어."

레오니다스가 악담을 하자 지크프리트도 대꾸했다.

"그건 피차일반이야. 이쪽의 피해도 막대했어."

"알고 있어. 곧 결판을 지어야만 하는 상대라는 사실은. 너를 쓰러뜨리지 않는 한 아크이라는 내 것이 되지 않아."

"그런 거지."

"정말 지긋지긋한 사내로군, 왕태자 지크프리트."

"그 말, 똑같이 돌려주도록 하지."

한 발 한 발 간격이 줄어들었다.

별빛에 칼이 번뜩였다.

단숨에 간격을 줄인 사람은 어느 쪽이었을까.

눈 깜짝할 새도 없이 검과 검이 격렬하게 부딪쳐 귀에 거슬리는 소리를 냈다.

무너진 자세를 유지한 채, 레오니다스가 곧바로 다음의 한칼을 세게 내찔렀다.

지크프리트는 가볍게 피해 레오니다스의 검을 통과시키고, 이번에는 쓸어 넘기듯이 자신의 검을 휘둘렀다.

지크프리트의 검은 레오니다스의 몸통을 스쳤지만 상의를 약간 베어냈을 뿐. 반대로 머리 위에서 내려쳐진 검에 머리카락을 몇 가닥 잘려 은실이 허공을 춤추었다.

지크프리트의 검 실력은 이전에 보아서 알고 있었다. 춤추듯이 아름다운 몸놀림으로 플로리안을 농락했던 게 기억에 뚜렷했다.

반면 레오니다스의 검은 호쾌했다. 그 정도로 커다란 검을 가볍게 휘둘러대는 모습을 보면 제법 힘도 체력도 있는 모양이었다.

에르윈의 눈으로는 어느 쪽이 우세한지 알 수 없었다. 힘은 비등비등했다. 순식간에 공수가 바뀌어 언제 결판이 날지 상상도 가지 않았다.

숨을 쉬는 것도 잊을 것만 같은 긴장감을 갈라놓은 것은 플로리안의 날카로운 목소리였다.

"전하, 전하께서 상대하실 필요는 없습니다. 레오니다스, 네 상대는 나다."

레오니다스가 시끄럽다는 듯이 눈을 가늘게 떴다.

"너는 누구냐? 요전에도 방해했지."

플로리안을 대신해 지크프리트가 대답했다.

"기억해 두도록 해. 레니스 후작 플로리안이다. 앞으로 몇 번이고 얼굴을 맞대게 되겠지."

"레니스 후작이라고? 아아, 벤토스에서 에르윈에게 달라붙어 온 벌레인가."

"그런 농담은 내 검을 받고 나서 해보실까."

단숨에 간격을 좁힌 플로리안이 레오니다스에게 덤벼들었다.

지크프리트가 외쳤다.

"플로리안!"

"전하께서는 비전하를!"

그 말에 고개를 끄덕인 지크프리트가 이쪽으로 달려왔다.

벌어진 가슴께. 드레스가 말려 올라가 드러난 다리.

그 모습을 보고 지크프리트가 살짝 그 수려한 눈살을 찌푸렸지만, 곧바로 등 뒤로 돌아가 양손의 포박을 풀어주었다.

"괴로운 일을 당하게 했구나, 에르윈."

그 말과 함께 힘껏 끌어안았다. 에르윈도 마음 가는 대로 지크프리트의 등을 꽉 껴안았다.

"아니요. 괜찮아요."

"미안해. 내가 좀 더 신경을 썼다면."

"당신 탓이 아니에요."

왜냐하면 레오니다스는 너무도 대담하고 유별났다. 어느 누구라도 그런 남자의 행동을 예측하기란 어려우리라.

지크프리트는 에르윈의 몸을 가슴 가득히 감싸듯이 품고서 관자놀이에 키스를 했다.

"처음으로 내 이름을 불러주었구나."

"아…… 저…… 무아지경에……."

"기뻐. ……그런 만큼 그 남자를 용서할 수 없어."

"지크프리트……."

"할 수만 있다면 이 손으로 목 졸라 죽이고 싶어."

위험한 말에 놀라서 올려다보자, 물빛 눈동자에는 여태껏 본 적 없는 차가운 빛이 깃들어 있었다.

이것이 전쟁터에서의 지크프리트의 얼굴인지도 모른다. 오히려 단정한 만큼 그 차가움도 두드러졌다. 마치 옛날이야기 속 냉혹하고 아름다운 신 그 자체. 전장에서 지크프리트와 얼굴을 마주하는 사람은 떨지 않고는 배길 수 없으리라.

다시 숨이 멎을 만큼 꽉 끌어안아 왔다.

"여기에서 움직이지 마."

그 말을 남겨두고 몸을 떼더니, 지크프리트는 일어서서 검을 겨누었다.

그것을 눈치채고 레오니다스가 플로리안의 검을 쳐 내며 능청스럽게 소리쳤다.

"이봐, 둘이서 덤벼들다니 비겁하다고."

즉각 지크프리트가 대답했다.

"지금까지 실컷 비겁한 술책을 부려 온 네가 할 말은 아닌 듯한데."

"듣기 거북한 말 하지 말라고. 그건 전략이야."

"그렇다면 이것도 전략이다."

"칫."

"플로리안의 실력은 이미 알았겠지. 나와 플로리안 두 사람을 상대로 이길 셈인가?"

오른쪽에 플로리안, 왼쪽에는 지크프리트.

양쪽에서 간격을 좁혀오자 레오니다스가 한 발 한 발 뒤로 물러섰다.

레오니다스는 힘도 체력도 있어 보이지만, 역시 이 대 일로는 불리했다. 점차 도망갈 곳을 잃고 막다른 곳에 몰렸다.

"체념이 느려, 흑의 장군."

지크프리트가 선언하듯이 말했다.

"슬슬 포기하고 투항해라. 왕궁에 끌고 가서 잔뜩 고문해 주지. 죽음보다 괴로운 꼴을 당하게 만들어 에르윈을 납치한 것을 후회하게 만들어주마."

레오니다스가 분한 듯이 얼굴을 일그러뜨렸다. 이를 가는 소리마저 들릴 것만 같은 표정에 에르윈도 저도 모르게 숨을 삼켰다.

"자, 레오니다스."

지크프리트의 맑은 목소리가 울려 퍼졌다.

"검을 땅 위에 내려놓아라."

레오니다스의 검이 내려갔다. 시선만은 지크프리트를 향한 채 슬슬 몸을 굽혀 대검을 지면에 내려놓았다.

레오니다스의 손이 대검에서 떨어졌다.

그 순간…… 레오니다스가 손을 재빨리 움직여 지면 위의 돌멩이를 움켜쥐더니 플로리안과 지크프리트를 향해 던졌다.

"우왓."

"윽."

생각지도 못한 행동에 지크프리트도 플로리안도 일순 당황했다. 그 틈에 레오니다스는 대검을 주워 들고 몸을 돌렸다.

"오늘은 무승부로 쳐주지!"

"레오니다스!"

"잘 있으라고, 에르윈! 다시 만나러 갈게."

눈 깜짝할 사이에 벌어진 일이었다.

숲의 나무들 속으로 레오니다스가 사라져 갔다. 검은 망토가 어둠에 사라졌다.

"놓칠쏘냐!"

곧바로 뒤쫓으려 했던 플로리안을 지크프리트가 말렸다.

"쫓지 않아도 돼."

"그렇지만……."

"이 방향은 수목이 뒤얽혀 있어서 말도 들어갈 수 없어. 어둠 속을 쫓는 것은 고난이야."

지크프리트의 물빛 눈동자에는 더 이상 조금 전의 차가운 빛은 없었다.

어딘가 아득한 곳을 지그시 바라보던 시선을 숲 안쪽 깊숙한 곳으로 향하게 한 지크프리트가 차분하게 말했다.

"도주로도 이미 조사를 끝마친 거겠지. 레오니다스는 용의주도한 사내야. 인정하고 싶지는 않지만 말이지."

*　　*　　*

왕궁으로 놀아와 봄을 씻은 뒤 청결한 드레스로 갈아입고서야 간신히 아주 조금 안도했다.

시각은 이미 심야.

발소리를 죽이며 침실로 향한 뒤 벌꿀색 머리카락을 빗

고 있노라니, 조용하게 지크프리트가 들어와 침대 위, 조금 떨어진 곳에 걸터앉았다.

일부러 그런 듯한 벌어진 거리가 안타까웠다.

그렇지만 에르윈은 지크프리트가 망설이는 이유를 알 것 같았다.

지크프리트는 의심하고 있는 것이다. 레오니다스와 무언가 있었던 것은 아닐까 하고. 의심하면서 말을 꺼내지 못하고 있다. 반쯤은 에르윈의 마음을 배려해서, 반쯤은 그 답이 두려워서.

머리카락을 빗던 손을 멈추고 에르윈이 물었다.

"무슨 일이 있었는지 묻지 않으시나요?"

곧바로 대답이 돌아왔다.

"아아, 무슨 일이 있어도 그대가 내 아내라는 사실은 변하지 않으니까."

그 목소리는 마치 쓰여 있는 문자를 그대로 읽는 것처럼 막힘이 없었다. 아마도 지크프리트는 머릿속에서 줄곧 생각했음이 틀림없다. '에르윈이 이렇게 물으면 이렇게 대답해야지' 하고.

에르윈은 아주 잠시 망설인 뒤 이렇게 물었다.

"열 달 뒤, 달이 차서 제가 검은 머리카락을 지닌 아이를 낳아도요?"

"……."

"그래도 당신은 같은 말을 제게 해주실 건가요?"

지크프리트는 잠시 아무 말도 하지 않은 채 생각에 잠겼다. 그 물빛 눈동자에는 역력히 고뇌가 떠올라 있었다.

에르윈도 말없이 지크프리트를 지켜보았다. 지크프리트의 마음을 바라보고 있었다.

이윽고 지크프리트가 무거운 입을 열었다. 뱉어낸 말은 씁쓸했지만 그 말에 망설임은 없었다.

"그래도…… 그래도 그대는 내 아내야. 그대를 잃는 것은 상상할 수 없어."

"지금 한 말은 거짓말이에요."

곧바로 에르윈은 고했다.

"사실은 아무 일도 없었어요."

"어……? 정말로……?"

"미안해요. 시험하려는 행동을 해서. 그렇지만 듣고 싶었어요."

앞으로 장래에 자기 마음의 지지대로 삼기 위해서.

"레오니다스는 아마도 사람의 마음속 빈틈을 좋아하는 사람이에요. 사람의 마음속 빈틈을 찾아내서는, 그 안에 파고들어 사람의 마음을 헤집어놓은 것을."

그때 귓가에서 속삭였던 말이 되살아났다.

"사실은 외로웠지? 불쌍한 에르윈."

"내가 너를 사랑해 줄게. 너를 위로해 줄게. 네 마음도, 몸도 바로 내가 실컷 채워주지."

혹시 정말로 외로워서 누구라도 좋으니 누군가에게 위로받고 싶다고 채워주었으면 좋겠다고 느꼈다면, 그대로 레오니다스의 유혹에 몸도 마음도 맡겼을지도 모른다.

"그렇지만 제 마음에는 빈틈이 없었어요. 지크프리트, 저 당신을 사랑해요."

"······에르윈······."

"설령 제가 당신을 사랑하는 것처럼 당신이 저를 사랑해주지 않으셔도, 당신이 저를 잃고 싶지 않다고 말씀하신 이유가 그저 의무감 때문이라고 해도, 저 당신을 계속 사랑하겠어요."

물빛 눈동자를 똑바로 바라보며 그렇게 고하자, 지크프리트는 놀란 듯이 눈을 크게 뜬 다음 작게 어깨를 늘어뜨리며 미소 지었다.

"어른이 되었구나, 에르윈. 여기에 막 왔을 무렵의 그대는 아무것도 모르는 소녀였는데, 지금의 그대는 나보다 연상 같아."

지크프리트에게서 눈을 피하지 않고 에르윈은 답했다.

"당신이 저를 어른으로 만들었어요. 제 마음도, 몸도."

갑자기 지크프리트가 웃음을 터뜨렸다.

즐겁다는 듯이, 우습다는 듯이, 그리고 조금 행복하다는 듯이.

"좋아, 에르윈. 그대에게 내 마지막 비밀을 밝히겠어."

"마지막 비밀?"

"아아, 조금만 기다려 줘."

그렇게 말하더니 지크프리트는 침실을 나섰다. 돌아왔을 때는 그 손에 작은 상자를 들고 있었다.

호박을 박아 넣은 금으로 된 작은 상자 안쪽에는 새빨갛게 물들인 질 좋은 모직물이 깔려 있었다. 얼핏 본 것만으로도 매우 호화롭고 비싼 물건이라고 알 수 있는 작은 상자 속에 소중히 들어 있었던 것은 어린이용 작은 머리 장식 리본. 전체적으로 벤토스 전통의 자수가 놓여 있지만, 그것은 매우 서툴러서 주인인 아이의 손에 의한 자수라고 간단히 알 수 있는 것으로…….

"이거…… 설마…….'

기억하고 있었다. 이 끝자락의 붉은 꽃. 이 부분은 특히 어려워서 몇 번이고 몇 번이고 실을 풀고 다시 고쳤지만 역시 잘 안 되었다. 결국 아주 조금 비뚤어진 상태로 남았지만 언제까지고 신경이 쓰였다.

'그래, 틀림없어.'

이것은 어린 시절 자신이 만들었던 리본. 장래를 서로 맹세했을 때, 단도 대신 그 남색 눈동자의 남자아이에게 주었던 것.

"어째서 당신이 이걸 가지고 계시죠……?"

놀라움에 가득해져서 지크프리트를 바라보자, 지크프리트는 가볍게 미소 지었다.

"그대가 주었잖아."

"네……?"

"아직 모르겠어? 내가 그때 그 남자아이야. 그대가 말했던 남색 눈동자의 정인."

"거짓말……."

생각해 본 적도 없었던 고백에 에르윈은 양손으로 입가를 막았다.

"그렇지만 머리카락 색이 달라요. 그는 검은색 머리카락이었는걸요."

"사정이 있어서 염색했어. 그 무렵, 나는 몸을 숨기고 있었으니 말이야."

"그럼 눈동자 색은?"

"그건 성장함에 따라 자연스럽게 옅은 색이 되었어. 눈 색깔이 변하는 정도는 그리 드문 일도 아니잖아?"

그것은 그렇지만, 어른이 되면 어린 시절의 모습은 손톱만큼도 안 남고 사라져버리는 사람도 세상에는 많이 있지만, 그래도…….

"알 리가 없어요. 이렇게 자라서 이렇게 변해 버리다니, 완전히 다른 사람인걸요."

"그런가? 그렇지만 속은 그 시절 그대로야. 지금도, 예전도 나는 나야."

에르윈은 지크프리트를 말끄러미 바라보았다. 그렇게 들어도 아직 믿을 수 없었다. 그 남자아이가 이런 식으로 자라다니.

그 생각에 에르윈은 원망 어린 말을 했다.

"어째서 가르쳐 주지 않았어요? 그때 한 맹세를 지키러 왔다고 처음부터 말씀해 주셨으면 저, 이렇게 고민할 필요도 없었는데."

그랬다. 어차피 인질이라며 자기 처지를 불쌍히 여겨 지크프리트에게도 완고한 태도를 계속 취했다.

그렇지만 지크프리트는……

"두려웠어."

"두려워요?"

"아아, 나는 그대가 누구인지 알고 있었고, 그 뒤 몇 번이나 그대의 모습을 보러 몰래 벤토스에도 갔어. 그렇지만 사정이 있어서 그대에게는 내 신분은커녕 이름조차 고할 수 없었고, 이런 나를 그대가 잊지 않고 기다려 줄지 불안했어."

그 말은 에르윈에게 적지 않은 충격을 주었다.

지크프리트가 자신의 이름이나 출신을 알고 있었다는 점도 놀랐지만, 몇 번이나 보고 있었다는 사실이 부끄러웠다.

"비겁해요. 당신만. 저도 당신이 어른이 되어가는 모습을 보고 싶었어요."

그렇게 말하자 지크프리트는 작게 웃었다.

"그대는 조금도 변하지 않았군. 나는 언제 어디서나 그대를 한눈에 알아볼 수 있었어."

"기뻐해야 할지 탄식해야 할지 알 수 없는 말이네요."

"그런가? 그렇지만 나는 기뻐. 지금도 예전에도 변함없는 그대의 그 호박색 눈동자는 따스해. 그대의 눈빛에 감싸이기만 해도 행복해져."

다정하게 바라보자 가슴속에 무언가 따스한 것이 켜진 기분이 들었다. 두근두근하거나 울렁울렁하는, 그런 느낌과는 또 다른 종류의 두근거림이 가슴을 가득히 채웠다.

"어쨌거나 나는 내 마음을 따라서 그대를 아내로 삼았어. 나라의 사정도 내 편을 들어주었지. 그러나 그대의 마음은 몰랐어. 혼례의 자리에서 재회한 그대는 다른 사람을 보는 눈으로 나를 보았고."

분명 한눈에 알아보지 못한 점에 대해서는 미안함을 느끼지만, 그렇지만.

"어쩔 수 없잖아요. 당신은 많이 변해 버렸는걸요."

"그렇겠지. 알고는 있었지만 그대를 아내로 삼은 점에 대해서는 아직 망설임이 있었어. 나와의 일이 없었다면 그대는 플로리안과 결혼했을 거라는 소문도 귀에 들어왔으니까."

'그런 건 아무 근거 없는 소문이에요'라고는 말하기 어렵다. 국왕인 아버지에게는 아무도 받아주는 사람이 없으면 플로리안에게 주면 된다고 생각하는 경향이 있었기에.

그렇지만 그것은 자신의 마음과는 동떨어진 이야기.

"플로리안과는 단순한 소꿉친구예요."

그렇게 딱 잘라 말하자 지크프리트는 작게 고개를 좌우

로 흔들었다.

"그대는 그럴지도 모르지만, 플로리안 쪽은 그대를 향한 마음을 숨기려 들지도 않았으니 말이야. 플로리안이 그대를 '에르'라고 부를 때마다 질투로 가슴이 부글부글 끓는 듯한 기분이 들었어. 사실은 그대도 플로리안을 좋아하는 게 아닐까 의심했지."

"그래서 플로리안에게 그렇게 심하게 대하신 건가요?"

"어린애처럼 굴어서 미안해. 나도 필사적이었어. 그렇지만 그대가 지금도 변함없이 나를 기다려 주었다는 걸 알았으니까……."

정열적으로 바라보자 가슴의 고동이 크게 울렸다.

"그렇다면 그때…… 그 수렵 오두막에서 가르쳐 주셨으면 좋았을 텐데."

에르윈은 불만 가득하게 지크프리트를 올려다보았다.

"처음에는 그럴 셈이었어."

그렇게 말하는 지크프리트.

"그렇지만 그대가 한네로레에 관한 일 따위에 대해 말을 꺼내니까 무심코 기회를 잃어서……."

"어머, 제 탓이에요?"

그렇게 책망하자 지크프리트는 곤란하다는 듯이 어깨를 으쓱인 다음 이렇게 말을 이어갔다.

"게다가 말이야, 첫사랑인 그를 잊고 내 것이 된다고 말하는 그대가 아주 조금 괘씸하기도 했어."

"제가요?"

"내 안에서 어린 시절의 내가 '나를 잊을 건가' 하고 말했어. 자기 자신에게 질투했어. 한편으로 지금의 나는, 어린 시절의 자신이 아니라 지금의 내가 그대를 손에 넣는다고, 묘한 우월감에 젖어 있었어. 이상한 이야기지? 자신 안에 자신이 두 사람 있다는 느낌이라 스스로 어떻게 해야 좋을지 알 수 없었어."

"……."

"지금 생각해 보면 나도 아직 완전히 어른이 되지 못했던 거라 생각해. 자기감정에 휘둘려서 그대의 마음을 제대로 받아주지 못했어."

거짓말쟁이 지크프리트. 자신을 가장하고 남을 속이는 것이 능숙한 지크프리트.

그렇지만 지금 한 말은 거짓이 아니라고 생각했다. 그 눈동자에 깃든 진지한 빛을 믿을 수 있었다.

"됐어요……."

에르윈은 작게 고개를 흔들며 말했다.

"만약 처음부터 사실을 말해주셨다면 저, 당신을 이런 식으로 사랑할 수 없었을 거란 기분이 들어요."

처음에는 물론 약속을 지켜서 데리러 와 주었다는 사실에 틀림없이 기뻐했을 것이다. 첫사랑과 맺어지는 기쁨에 떨렸으리라.

그렇지만 머지않아 줄곧 마음속에서 그려왔던 첫사랑인

그 아이와 지금의 지크프리트와의 차이에 당황하고 상처 입는 날이 찾아올 것이다. 어린 마음인 상태로 꿈속의 첫사랑을 추구하며 현실에 지친 나머지, 결국에는 지크프리트를 미워하게 되었을지도 모른다.

"어린 시절의 당신을 좋아했던 마음은 지금도 변하지 않았어요. 그 시절의 당신을 좋아했던 작은 에르윈은 지금도 이 마음속에 분명히 있어요."

에르윈은 양손을 겹쳐 가슴 위에 올려놓았다.

"저, 같은 사람을 두 번 사랑하게 된 거로군요. 작은 저는 어린 시절의 당신을, 지금의 저는 지금의 당신을. 이건 기적일까요? 그렇지 않으면 운명?"

그렇게 묻자 지크프리트는 가볍게 녹아드는 미소를 지었다.

"에르윈, 그래서 나는 그대를 좋아해. 그대는 항상 내가 바라는 말을 해줘. 나 자신이 정말로 그 말을 원했다는 걸 깨닫게 해줘."

"지크프리트……."

"기적이든, 운명이든 뭐든지 좋아. 나에게 있어 지금 그대가 여기에 있어준다는 게 가장 소중한 일이야."

오른손을 잡혔다. 그 손을 지크프리트의 입술이 꾹 눌렀다.

"사랑해, 에르윈. 지금도, 예전도 그대만을 진심으로."

"저도 그래요."

에르윈도 미소 지었다.

"저도 당신을 사랑해요."

깨지는 물건이라도 다루듯이, 살짝, 부드럽게 끌어안았다.

입술과 입술이 겹쳐졌다.

새의 깃털이 스치듯이 닿기만 하는 키스. 그곳에서 흘러넘치는 마음이 전해져 왔다.

지크프리트의 가슴에 뺨을 대고, 그 고동 소리에 귀를 기울이면서 에르윈은 줄곧 신경 쓰였던 일을 떠올렸다.

"하나만…… 여쭤봐도 될까요……?"

에르윈의 벌꿀색 머리카락을 손가락으로 쓸어내리며 지크프리트가 작게 끄덕였다.

"아아, 좋아. 그대에게는 더 이상 그 무엇도 숨기지 않아."

그 말에 격려 받아 에르윈은 망설이다 입술을 열었다.

"어째서 아이는 필요 없다고 말씀하신 거예요?"

그렇게 선언했던 때의 차갑고 딱딱한 목소리를 떠올리자, 지금도 가슴속이 삐걱삐걱 쑤셨다. 그때는 자신은 형식뿐인 아내라 사실은 사랑받지 못하는 것이라고 생각했지만, 지크프리트의 마음을 알게 된 지금에 와서는 그것은 조금 부자연스러운 말이었다.

지크프리트에게는 뜻밖의 질문이었을지도 모른다. 지크프리트는 허를 찔린 표정으로 잠시 생각에 잠긴 뒤 천천히 입을 열었다.

"내 어머니는 태어나실 때부터 그다지 몸이 건강하지 않으셨어."

지크프리트의 어머니, 즉 왕비님은 지크프리트가 어릴 적 돌아가셨다. 지크프리트를 많이 닮은—그렇다기보다 지크프리트가 그녀를 닮은 것이지만—매우 아름다운 사람이었다고 전해 들었지만…….

"나는 어머니의 얼굴을 기억하지 못해. 기억에 있는 것은 때때로 불러준 자장가, 덧없는 노랫소리뿐. 그것조차도 기억은 희미해."

"그렇군요……."

"어머니는 본디 조부가 정했던 결혼상대로, 그 결정에 아버지의 의지는 없었다고 들었지만, 그래도 아버지는 그런 어머니를 애지중지했고, 어머니 또한 아버지를 연모했어. 두 사람은 진심으로 사랑했던 거야. 기적처럼 말이지. 그렇지만……."

지크프리트의 표정이 흐려졌다. 목소리에도 그림자가 드리웠다.

"주변에서는 아버지와 어머니를 갈라놓으려고 했어. 몸이 약한 어머니로는 후계자를 낳을 수 없다. 나라를 위해서 어머니와 이혼하고 좀 더 젊고 건강한 왕비를 새로 맞이해야 마땅하다고."

"저런, 너무해요……."

"그래도 아버지께서는 완강하게 거부했어. 그만큼 어머

니를 사랑하셨던 거겠지. 반면 어머니는 그런 자신을 한심하게 느끼며 자신을 계속 책망하셔서, 연약한 어머니의 몸은 더욱 병들었어."

국왕의 비가 된 이상 후계자를 낳아야만 한다. 그것은 왕비로서의 의무이다. 지크프리트의 어머니는 필시 떳떳하지 못했으리라. 국왕의 사랑이 깊으면 깊을수록 그 고통도 늘어났던 것임에 틀림없다.

"그런 어머니의 마음이 전해졌는지, 마침내 어머니는 나를 가지셨어. 주변 사람들은 어머니가 출산을 견디지 못하리라고 말했지만, 어머니는 그들의 말에는 귀를 기울이지 않고 나를 낳으셨어. 나에게 생명의 대부분을 넘겨주었던 것인지, 그 이후 어머니는 병석에 눕게 되시더니, 결국⋯⋯."

"⋯⋯."

"가장 사랑하는 아내를 잃은 아버지의 슬픔은 컸어. 언제까지고 그 아픔은 가시지 않았지. 아버지의 중신들은 새로운 왕비를 맞이할 것을 진언했지만, 아버지는 일절 그 말에 귀를 기울이지 않았어. 그 후 그저 어머니의 죽음만을 애도하고 탄식하며 다른 일에는 마음을 닫았지."

에르윈의 뇌리에 국왕 폐하의 모습이 떠올랐다.

언제나 엄격한 표정을 지으시며 자신에게는 변변히 말을 걸어주시지 않지만, 그것은 자신이 싫어서가 아니라 국왕 폐하가 지금도 슬픔에 사로잡혀 계시기 때문인가⋯⋯.

지크프리트가 무언가 매우 중대한 비밀이라도 입에 담는 듯이 목소리를 낮추었다.

"아버지는 말이지, 나를 원망하고 계셔."

"네? 친자식인데도요?"

"아버지께서는 내가 어머니를 죽였다고 생각하고 계셔. 나만 이 세상에 태어나지 않았으면 어머니께서는 좀 더 생명을 이어가셨을 거라며, 지금도 내가 태어난 것을 저주하고 계셔."

"그런······."

그것은 너무나도 가혹한 이야기였다.

일찍 어머니를 여의고, 아버지에게는 미움을 받았다. 가장 사랑해줄 사람에게 사랑받은 적이 없었던 지크프리트는, 대체 어떤 심정으로 지금까지 지내왔을까?

"뭐, 심정적인 부분은 제쳐 두고, 현실 문제로 아버지가 재혼을 거부하는 이상 나에게 형제는 태어나지 않아. 왕자가 단 한 명밖에 없어 아크이라의 장래가 너무나도 불안하다고 말하는 사람도 나왔고 말이지."

"후계자 다툼······ 말이에요?"

그렇게 묻자 지크프리트는 씁쓸하게 끄덕였다.

"사실대로 말하면 그래. 다음 국왕으로는 내가 아니라 숙부······ 즉 아버지의 동생을 미는 사람들이 나타났어."

"저런······."

"숙부에게는 자식이 네 명 있었어. 뿐만 아니라 숙부는 아버지보다 나으면 나았지 못하지 않아서, 검술도 뛰어나고 지력도 흘러넘쳤어. 인망은 어머니 일로 슬픔에 잠긴 아버지보다 오히려 그쪽에 있었겠지."

"그렇군요……."

"국내는 국왕파…… 즉 나를 왕태자로 미는 사람들과 숙부파 둘로 나뉘어, 회의는 항상 거칠고 험악해졌어. 서로가 서로를 욕하고 의심과 암귀에 빠져 언쟁이 끊이질 않았지. 결국에는 나에게조차 암살의 소문이 흘러서 아크이라 국내에서 벗어나 몸을 숨겨야만 했어."

"그래서 그랬군요."

간신히 납득이 간 에르윈은 지크프리트를 바라보았다.

"암살의 위험에서 벗어나기 위해 일부러 머리카락까지 검게 물들이고 벤토스에 숨어 있었군요."

이름을 가르쳐 주지 않았던 이유도 그 때문. 그때 지크프리트는 그런 위험의 한가운데 있었던 것이다.

"결국 숙부가 스스로 아크이라를 떠남으로써 사태는 수습되었어. 숙부로서는 더 이상 자신이 아크이라에 있으면 내란도 피할 수 없다고 생각해서 결단하신 거겠지."

"그래서 당신이 아크이라에 돌아가서 정식으로 태자위에 오르신 거군요."

"그런 거야. 그렇지만 말이지, 숙부와 아버지는 마지막까지 사이좋은 형제셨어. 말로 하지는 않았어도 아버지께서는 숙부를 의지하고 있었다고 생각하고, 숙부 역시 아버지 대신 국왕이 되려는 야심은 털끝만큼도 없었어."

"그런데 어째서 그런 일이?"

"그러게 말이야. 어째서일까? 여러 사람의 생각이 얽히고설킨 결과, 본인들로서는 손쓸 수 없는 곳에서 온갖 일이 자행되어 버렸어. 누구도 어쩔 없을 정도로 말이야."

지크프리트가 깊고 깊은 한숨을 쉬었다.

"뭐, 그런 연유로 후계자 다툼이란 것에 말려들어서 나는 심한 꼴을 당했어. 내 아이에게는 같은 고통을 주고 싶지 않아. 내 다음 대 국왕의 자리는 모든 이들이 허락한다면, 숙부나 혹은 숙부의 자식들, 즉 내 사촌 형제 중 누군가에게 물려줘도 좋다고 생각해."

무거운 말. 에르윈은 아무 말도 하지 않았다.

정치 쪽 일은 솔직히 잘 이해할 수 없었다. 정말로 그런 일이 일어나기는 하나 싶었다. 단지 지크프리트가 깊게 상처받았다는 사실만은 잘 알았다. 그의 마음은 자기 자신의 자아와 왕태자라는 입장 사이에서 해져 피를 흘리고 있었다.

"그렇지만 말이야, 에르윈."

지크프리트가 살짝 속삭이듯이 말했다.

"최근 들어 나는 아주 조금 아버지의 마음을 이해한 것 같은 기분이 들어."

"무슨 말이에요?"

"만약 그대가 내 어머니와 마찬가지로 아이의 생명과 맞바꾸어 이 세상에서 사라져 버린다면, 나는 태어난 아이를 저주하게 될까?"

"지크프리트……."

"그대를 잃는다니, 상상할 수 없어. 그대가 떠나간다니, 견딜 수 없어. 그대는 내 전부야. 그대가 없는 세상에서 나는 살아갈 수 없어."

에르윈은 양손을 들어 올려 지크프리트를 단단히 끌어안았다.

"괜찮아요, 지크프리트. 나는 그렇게 간단히 죽거나 하지 않아요."

"에르윈……."

"왜냐하면 저는 이렇게나 건강한걸요. 당신을 위해서 몇 명이고 아이를 낳아줄 수 있을 거예요."

그렇다. 병약했다던 지크프리트의 모친과는 다르다.

"나를 아내로 얻고 싶다고 청했을 때, '새로운 에반젤린을 원한다'고 하셨죠?"

"분명……."

"알아요? 에반젤린은 이자크와 일곱 명의 아이를 얻고서 이자크와 오랫동안 행복하게 살았어요."

"아아, 그렇구나."

"우리들도 이자크와 에반젤린에게 지지 않을 만큼 행복해지는 거예요. 그리고 새로운 전설을 만들어요. 후세에 여자아이들이 뺨을 물들이며 부러워할 만한 그런 전설을 말이에요."

올려다본 지크프리트의 물빛 눈동자에서 그림자가 사라져갔다. 활짝 갠 초여름의 하늘보다 더욱더 밝고 맑았다.

"에르윈, 역시 그대는 멋져. 그대를 좋아하게 돼서 다행이야."

"저도 당신을 좋아해요."

"처음 만났을 때 그대는 백마를 타고 있었는데, 사랑스럽고 늠름해서 전설의 에반젤린 그대로였어. 나는 한눈에 사랑에 빠졌지. 그때 그 순간부터 줄곧 그대를 사랑해."

열정적인 속삭임과 함께 키스가 입술 위로 내려왔다.

닿고 쪼더니 이윽고 깊어졌다. 숨결도 고동도 녹아 들어갔다.

입술을 떼고 나서 지크프리트가 웃으며 말했다.

"그러면 지금부터 아이 만들기에 힘을 쏟을까."

"바보로군요."

에르윈은 웃으며 처음으로 자신이 먼저 지크프리트에게 키스했다.

『은의 왕자와 호박색 공주』 끝

작가 후기

마리로즈 문고에서는 처음 뵙겠습니다(일본 현지 기준:편집 주).

히메노 유리라고 합니다. 잘 부탁드립니다.

간신히 후기까지 다다랐는데, 히메노는 현재 감기에 걸렸습니다. 머릿속이 3분의 2 정도 몽롱합니다.

본문은 다 쓰고 난 뒤 '교정'이라는 작업이 있어서 자신이 쓴 내용을 고칠 기회가 있습니다만, 후기는 단발 승부예요(출판사에 따라서는 후기를 교정하는 곳도 있습니다만). 몽롱한 탓에 혹시 이상한 내용이라도 쓰게 된다면 죄송합니다.

히메노는 평소에는 남자와 남자가 이러니저러니 들러붙거나 떨어지거나 그런 짓을 하거나 저런 짓을 하거나 하는, 이른바 비엘이라는 이야기를 쓰고 있어서(덤으로 여자 사이도 쓴 적 있습니다) 이렇게 남녀 이야기를 일로서 쓰는 것은 처음 겪는 경험이었습니다.

그것이 남자이든지 여자이든지, 두 사람이 만나서 사랑에 빠지고 우여곡절을 거친 후 맺어져 행복해진다는 점에서는 '마찬가지구나' 라고 줄곧 생각하고 있었지만, 막상 쓰기 시작해 보니 달라요…… 전혀 달라요…….

이를테면 BL의 이른바 '수' 인 남자는, 꽤~나~ 지독한 꼴을 당해도 전~혀~ 마음이 아프지 않습니다. 뭐라고 해야 하나, 오히려 지독한 꼴을 당하게 만들고 싶은?

그렇지만 이런 남녀 이야기 속의 여자아이는 안 돼요. 불쌍하고 불쌍해서 지독한 꼴 따위는 당하게 할 수 없어요. 괴로운 마음을 들게 하고 싶지 않아요. 어쨌거나 행복하게 해주고 싶어요.

그런 이유로 이 이야기도 어쩌면 미지근하다고 생각하실지도 모릅니다. 죄송합니다.

어쨌거나 '나는 할 거야. 나는 할 거야. 하고 또 하고 실컷 해댈 거야' 같은 남자도 좋지만, 때로는 '그다지 하고 싶은 건 아니라서 말이야. 하지 않아도 아무렇지 않아. 그렇지만 네가 정 하고 싶다고 말하면 못 해줄 것도 없지만' 같은 새침남도 '때로는 나쁘지 않네' 정도로 생각해 주신다면 정말 감사하겠습니다.

혹시 다음에 기회를 얻게 된다면, 그때는 조금 더 힘내야죠. 예, 힘내겠습니다…….

그래도 히메노가 보기에는 제법 할○퀸스러운 느낌이 나

지 않나 생각합니다. 조금이라도 즐겨주시면 기쁘겠습니다.

그것은 제쳐두고.

이미 본문을 보신 분은 알고 계시리라 생각합니다만, 아마노 치기리님의 손에 의한 일러스트, 정말로 아름다워요! 처음에 캐릭터 러프를 받았을 때는 정말 멋져서 어질어질 했고말고요!!!!

이번에 주인공 에르윈을 둘러싼 남자들로는 왕태자 지크프리트, 소꿉친구 플로리안, 수수께끼의 남자 레오니다스 세 사람을 준비해 보았는데(히메노는 제멋대로 이 세 사람을, 지크프리트=학생회장, 플로리안=반장, 레오니다스=불량이라고 생각합니다), 삼인 삼색으로 정말 엄청 멋져요(감읍).

특히 레오님. 멋져요. 정말 멋져요. 이야기 구성상 많이 내보낼 수 없었던 점이 유감입니다.

왜냐하면 레오님을 무심코 잔뜩 출연시키면 스토리를 채어 가버릴 것 같은걸요.

플로리안도 이미지 그대로였습니다. 어쩐지 정말로 히메노의 미릿속을 들여다보시기라도 했나 생각힐 민큼.

솔직히 처음에는 플로리안에게는 별다른 생각이 없었는데, 쓰는 도중에 '이 녀석, 좋은 녀석이구나' 싶어 점점 좋아하게 되었습니다.

머지않아 다른 여자아이와 행복해졌으면 합니다. 그렇다고는 해도 그는 그런 성격이라서 하지 않아도 될 고생을 스스로 자초할 듯하지만 말이에요.

물론 에르윈은 엄청 귀여웠고, 지크프리트는 초절 아름다움! 드레스도 멋져요! 정말 멋져요!!!!!

아마노님, 멋진 일러스트를 그려주셔서 감사합니다. 여러모로 폐를 끼쳐서 죄송합니다.

그림 그리시는 분은 정말 굉장하네요. 마지막에 굉장한 상을 받은 기분이에요. 여기까지 열심히 계속 쓴 보람이 있었습니다.

끝으로 편집자님, 이번에 '도' 매우 폐를 끼쳐서 죄송합니다.

변함없이 둔하고 페이지 조절도 안 되고, 게다가 이번에는 인터넷 상태가 나빠서 내내 폐를 끼쳤습니다.

적어도 조금 더 빨리 쓸 수 있게 되고 싶습니다. 아니, 정말로요.

히메노 유리

역자 후기

　여기까지 글을 읽어주신 독자 여러분께 반가움을 가득 담아 인사드립니다. 이 이야기를 번역한 정우주라고 합니다.

　이 이야기는 말을 잘 타는 공주님과 아름다운 이웃나라 왕태자, 정략결혼으로 맺어진 두 사람 사이에 펼쳐지는 사랑을 다루는 작품입니다. 어린 시절 첫사랑의 추억과 정략결혼의 갈등이 어우러진 왕도 로맨스물이에요.

　어릴 적부터 말을 타고 달리거나 산비탈을 뛰어다니며 자란 말괄량이 공주님 하면 어쩐지 자수가 서투를 것 같은 이미지인데…… 이 이야기의 여주인공 에르윈은 손재주도 제법 좋은 아가씨네요. 사실 앞서 언급한 생각은 그저 편견일 뿐이겠지만, 대중매체나 이야기에서 그런 타입 많이 나오잖아요.

　에르윈은 활달한 아가씨라는 설정치고는 본인 입장에서는 상황이 상황이라서 그런지 초중반까지 의기소침해합니다만, 마음을 열고 오해를 풀어가면서 조금씩 성장해 가는 모습이 기특해 보였어요.

에르윈을 둘러싼 각각 다른 개성의 세 남정네들이 나옵니다만······.

남주인공인 지크프리트는 겉보기에 차가운 느낌이 드는 왕자님. 속은 부글부글 끓어오르는 뜨거운 남자인데, 에르윈에게는 그다지 솔직하지 못하네요. 호의와 애정을 드러내기는 하는데 정작 중요한 상황에서 엇나가 오해를 사는 그런 느낌.

세 사람 중에서 개성은 가장 약하지만 사람 좋은 플로리안이 조금 안쓰럽습니다. 보답 못 받는 외사랑 순정남 캐릭터는 어째서인지 좀 짠한 구석이 있지 않나요? 나중에 좋은 사람 만나서 행복해져라······.

그리고 가장 늦게 등장했던 수상한 흑발 흑안의 청년 레오니다스가 주연으로 나오는 스핀 오프 작품 『흑의 장군과 동쪽 탑의 마녀』도 있으니, 레오니다스가 마음에 드시는 분은 그쪽을 읽어보셔도 좋을 듯합니다. 아쉽게도 그 스핀 오프 작품의 번역을 맡지는 못했지만, 나중에 저도 한번 읽어보아야겠다고 생각 중입니다.

또다시 기회가 되면 독자 여러분과 다시 뵙기를 바라며 이만 줄입니다.

정우주